도라지꽃

도라지꽃

정민영 산문집

글누림

바람에 실려 어디에선가 날아온 나뭇잎 하나가 온몸으로 창문을 두드리다가 결국 땅바닥에 떨어져 버리고 만다. 창가에 서서, 지나 온 삶이 어쩌면 그 마른 잎과 닮았다고 느낄 때면 숱한 기억의 조각들이 파닥이며 몰려와 유리창 밖으로 부서져 내리곤 한다. 홀로 창밖을 바라보며 아득한 옛일을 끄집어내어 아쉽고 쓸쓸한 마음을 달래곤 하는 일이 낯설지 않게 되었음은 속절없이 떠나가는 세월 때문이다. 지난 세월 돌아보면 갈팡질팡 여기까지 오는 동안 운 좋게도 내 곁에는 항상 고마운 이웃들의 따뜻한 배려와 도움이 있었다. 유리창으로 한 발짝 더 가까이 다가가 그들 모두에게 고맙다는 혼잣말이라도 하고 싶을 때면 늘 미안함이 앞선다.

미안합니다. 눈발처럼 흩날리며 다가와 나의 유리창에 부서지는 지난날들을 돌아보면서 모두에게 미안합니다. 내 나름으로는 최선이라고 판단하여 한눈팔지 않고 달려온 날들도 단지 그때의 사소한 개인적 일이었을 뿐 결국에는 이웃들에게 불편함을 끼쳐드린 것 같아 정말 미안합니다. 더욱이 사제의 인연으로 내 곁에서 젊음을 불사르며 미래를 준비해 온 젊은이들에게 참된 사도의 전범이 되지 못했음에 부끄럽고 미안합니다.

오랫동안 마음속에 깊은 상처로 남아 있는 기억들과 아득히 먼 옛시절의 이웃들을 가만히 불러내어 귀 기울이면 어디선가 산울림처럼 화답해 오는 소리들이 조금씩 들려오는 듯하다. 이럴 때면 땅바닥의 낙엽에서 아지랑이처럼 다시 피어오르는 영원의 빛이 내 가슴속에 다시금 따뜻한 사랑의 불꽃을 지피곤 한다. 창가에서의 회상과 반성과 나지막한 탄식은 끊임없이 과거와 현재를 이어 가는 내 나름의 소중한 정신적 가치이자 정서적 아름다움이다. 누군가와 한없이 고운 마음을 함께 나누면서 그와 내가 혹시 바람결에 묻어 두었을지도 모르는 아픔과 상처를 서로 다독이며 미소 짓고 싶다.

창밖의 풀밭에 떨어진 나뭇잎에는 모진 비바람과 눈보라를 참고 견디며 격랑의 우여곡절 끝에 여기까지 달려온 치열한 삶의 과정이 고스란히 담겨 있다. 이제 낙엽은 뿌리로 다시 돌아가 새싹을 또 틔워 낼 것이다. 그 역정의 소중한 가치와 이야기들을 하나하나 주워 모으는 심정으로, 몇 해 동안 책상 서랍 속에 방치해 두었던 원고 뭉치를 꺼내어 다시 읽어 보았다. 컴퓨터 여기저기에 흩어져서 아무렇게나 저장되어 있는 문서들까지도 읽어 가며 정리했다. 이제는 버려야 할 때라는 생각이 들기도 했지만, 아깝기도 하고 내 삶에 작은 발자국을 남기는 일이기도 해서 추억의 글들을 깁고 더하여 출판하기로 마음먹었다. 일관성이 없고 딱딱한 글들의 조합이기에 다시 살펴볼수록 더욱 망설여지는 일이었다. 그래도 나의 창가에 매일 아침 어김없이 떠오르는 태양을 바라보며 용기를 얻었다.

이 책은 세 부분으로 나뉘어 있다. 제1부 '도라지꽃'은 고향의 어린 시절을 비롯하여 내 주변의 사사로운 이야기를 기록한 것이다. 제2부 '정겨운 우리말'은 우리말과 우리글을 주제로 한 이야기들로서 주로 강의실 밖에서 이루어진 대화와 토론 내용을 정리한 것이다. 제3부 '들꽃 핀 언덕에서'는 일간지 논설위원으로 활동하면서 발표한 기고문 위주의 이야기들과 대학신문에 발표했던 글들의 일부를 모아 놓은 것이다.

원고 정리를 마무리하고 다시 읽어 보니 적지 않은 내용을 삭제했음에도 불구하고 괜스레 생각지도 않던 군더더기 이야기들까지 들추어낸 결과가 되어 민망하고 쑥스러울 따름이다. 그럼에도 불구하고 더 많은 것을 과감하게 버리지 못한 것은 나 자신의 성격과 욕심 때문이다. 게다가 조악한 필체로 엮어 낸 잡다한 이야기들과 거칠고 투박한 표현들은 태생적 시골뜨기인 필자가 고상하고 우아한 어휘를 찾아내어 멋스럽게 쓰지도 못하고 수사적 기교나 문학적 상상력도 동원하지 못했기 때문이다.

내가 책을 엮어 내는 과정의 일들이 보잘것없는 내용의 글들을 수정 보완하고 때로는 다시 쓰면서 허접스럽게 꿰맞추는 작업이었지만 글재주가 없는 나에게는 힘겨운 일이었다. 그래도 설레는 마음으로 미완성 원고를 펼쳐 놓고 다시 보며 내 나름대로 심각하게 고민하던 고뇌와 기쁨의 날들이 나에게는 소중하고 행복한 시간들이었다. 더욱이 창가에 홀로 서서 지나온 세월을 가만히 들여다보며 부끄러움과 미안함을 들추어낸 것은 이 작업을 하면서 얻은 삭은 성과 중의 하나다. 이 일이 가능하도록 늘 가까이에서 함께 어울려 살아가면서 한결같이 따뜻한 격려와 도움을 베풀어 준 소중한 이웃들이 정말 고맙다. 내 삶의 토대가 되어 온 가족과 벗님들, 사랑하는 제자들, 그리고 허술한 원고임에도 불구하고 편집하느라 애쓰신 출판사의 모든 분들께 깊이 감사드린다.

2023년 6월

차례

In

제2부 ——— 정겨운 우리말

In

제3부 ——— 들꽃 핀 언덕에서

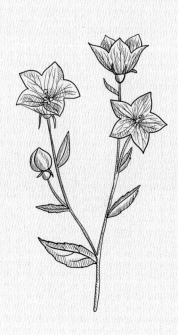

제1부

도라지꽃

다니골 청룡고개

시골 마을 다니골은 별다른 특징 없이 그저 밋밋한 언덕과 나지막한 야산 자락에 붙어 있는 골짜기에 겨우 십여 가구가 모여 사는 작은 마을이다. 나는 이런 산골 마을의 농가에서 태어나 어린 시절을 보냈다. 문명의 혜택이라곤 거의 없었고 해가 지기만 하면 곧바로 캄캄한 밤이 되어 사십여 리 떨어진 잣고개 너머 문안산 꼭대기에서 깜빡이는 미군 부대의 불빛을 경이롭게 바라보는 게 전부였다. 그래서인지 다니골 사람들은 밤이면 이웃집에 마실(마을)도 자주 다녀서 서로가 이웃집 사정을 훤히 알고 지냈고 미리 약속하지 않고서도 품삯 없이 서로 도와가며 농사일을 해 나가는 두레가 자연스럽게 이루어졌다. 해거름이면 집집마다 모락모락 저녁연기를 피워 올려 사람의 마을임을 알리던 그 시절의 정겨운 모습들이 떠올라 종종 내 지친 마음을 위로해 주기도 한다.

다니골은 단동(丹洞)처럼 한자 지명으로 불리기도 하였지만, 최근에는 이러한 한자 지명이 거의 자취를 감추고 고유어 지명만이 쓰이고 있다. 삼국시기에 의하면 다니골의 다니와 골은 모두 골짜기를 뜻하는 고구려어 어휘에 어원을 두고 있는 것으로 추정된다. 골짜기 속에 숨어 있는 마을이라서 한국전쟁 때에는 피란골이 되었고 때로는 북한군들이 머물다 갔다는 이야기도 전해온다. 이와 같은 산골짜기 마을 다니골은 조그만 마을이었고 주민 모두가 순박한 사람들이어서 늘 조용하고 평화로운 마을이었음에도 이웃끼리의 사소한 분쟁을 해결하는 법도(法道) 할아버지도 계셨고, 근동에서 가장 막강한 결정권으로 마을을 이끌던 총대(總代) 아저씨도 계셔서 그 나름대로 질서를 잘 유지하고 있었다.

다니골은 윗마을과 아랫마을로 나뉘어 있다. 윗마을을 지나면 청룡고개를 넘어 장터골과 대곡방죽을 지나서 대곡고개로 갈 수 있고, 아랫마을을 지나면 학교 가기 위해 넘어야 하는 세 개의 고개 중 첫째 고개를 넘어 피울 골짜기로 가게 된다. 윗마을 맨 윗집에 살았던 나는 우리 집에 잇닿아 있었던 청룡고개와 가장 많은 인연을 쌓으며 어린 시절을 보냈다. 농우를 끌고 나와 풀을 뜯기러 갈 때도, 보리 이삭을 줍기 위해 장터골 밭으로 갈 때도, 대곡방죽으로 멱 감으러 갈 때도 이 고개를 넘었다.

그리고 어쩌다 있는 일이었지만, 장날 쌀 한 말 머리에 이고 이십여 리를 걸어서 무기장태(무극 장터)에 다녀오는 엄마를 마중 나가던 일은 나의 가슴속에 가장 소중한 추억으로 간직되어 있다. 장날 오후가 되면 우리 조무래기들은 일찌감치 청룡고개 언덕에 올라서 제일 높은 고개인 대곡고개가 잘 보이는 곳에 자리를 잡고 앉아서 한 시간이고 두 시간이고 엄마가 나타나기를 기다렸다. 그러다가 언제나처럼 맨 처음으로 엄마가 대곡고개 위에 모습을 드러낸 것을 본 아이가 승리자가 되어 큰소리를 지르고 두 팔을 내저으면서 제일 먼저 뛰어나가 우쭐거렸다. 고개 위에 엄마의 모습이 보이기만 하면 우리들은 너나 할 것 없이 꽤 먼 거리를 한달음에 달려가 엄마의 무명 치맛자락을 온몸에 휘감으며 무한한 행복감을 맘껏 누렸다. 눈물겹게도 내 어머니의 장 보따리 속에는 늘 아버지를 위한 육전소설 한 권과 막내아들에게 줄 눈깔사탕 두어 개가 들어 있었다.

엄마 마중 나가던 바로 그 청룡고개 고갯길의 좌우는 좁다랗고 긴 밭이다. 그 중 한 뙈기의 밭은 고갯마루 가까이 붙어 있고 농사짓기에 적합한 곳이 아니어서 끝자락의 두어 평쯤 되어 보이는 자투리땅에는 아예 농작물을 심지 않았다. 어느 해인가 어머니는 그 버려진 땅에 도라지를 심으셨다. 아무도 돌보지 않는 땅, 뙤약볕 가뭄 속에서 곧 시들어 버릴 것만 같은 도라지 꽃밭이었다. 그러나 고갯길을 스쳐 지나다니는 중에 삶의 지혜와 알뜰함으로 정성껏 가꾼 까닭에 도라지는 무럭무럭 잘 자랐다. 빗방울이라도 듣는 날이면 더욱 싱싱하게 아름다웠고, 매년 초여름이 되면 하얀 빛 보랏빛 예쁜 꽃을 흐드러지게 피워내곤 했다.

학창 시절, 여름방학 동안 고향에 머물다 학교에 가기 위해 청주로 떠나올 때면 이 고갯길에서 엄마와 작별하곤 했었다. 일터에서 머리에 흰 수건 두르고 땀 흘리던 어머니와 헤어지며 차마 얼굴을 똑바로 바라보지 못하고 땀에 젖은 가슴을 살며시 안아본 후 돌아서던 곳도 이 도라지 꽃밭 앞이었다. 버스 정류장으로 가기 위해 넘어야 했던 첫째 고개 위에 올라서서 몇 번이고 뒤돌아보던 청룡고개의 도라지 꽃밭과 어머니 모습은 늘 가슴속에 사무치는 내 짙은 그리움이다.

학교 가던 길

고향 마을인 다니골 윗마을의 맨 꼭대기가 우리 집이었다. 그래서 학교에 가야 하는 시간이 되면 내가 제일 먼저 집을 나서서 아이들을 불러 모아야 했다. 집에서 나와 좁다란 마을 앞길을 따라 내려가며 집집마다 들러서 아이들을 큰 소리로 불러내는 일이 매일 아침 자연스럽게 이어졌다. 세뜨배기로 가는 길 쪽의 논 가장자리에 있던 미나리꽝을 지나 아랫마을까지 내려가면서 아이들을 불러 모으면 족히 예닐곱 명은 되었다. 우리들은 책가방 대신 보자기에 몇 권의 교과서를 싸서 옆에 끼고 엄나무 다랑이 갈림길에서 왼쪽으로 꼬부라져 첫째 고개로 걸어 올라갔다. 처음에는 학교에서 선생님이 가르쳐 주신 대로 동요를 부르며 줄을 맞추어 가다가 끝내는 흩어져서 서로 다투기도 하고 멀리 내달으며 장난을 치기도 했다.

우리들이 학교에 가는 바로 그 시간은 동네 청년 대여섯 명이 땔감으로 나무를 하러 나가는 시간이었다. 그 시절은 대부분의 가정이 가난하고 어렵게 생활하던 때라 초등학교를 졸업하고 나서 거의 중학교에 진학하지 못하고 곧바로 일터로 나가야 했다. 그리고 각 가정에서는 땔

감이 반드시 있어야 생활이 가능했기 때문에 집집마다 나무를 해 와서 나뭇간에 쌓아 두어야 했다. 그래서 초동들은 매일 아침에 잘 갈아 놓은 낫 두 개를 지게에 꽂고 작대기로 장단 맞춰 지게 목발을 두드리며 짐모팅이(짐모퉁이) 오솔길을 따라 사기장골을 넘어 큰 산인 소속리산으로 향하곤 했다. 아직 어린 나이의 초동들이 상급 학교에 진학하지 못하고 작대기 장단에 맞춰 트로트 유행가 가락을 흥얼거리며 걸어가다가 학교 가는 길의 아이들과 멀리서 손 마주 흔들던 모습은 참으로 애처로운 광경이었다.

아이들이 재잘거리며 첫째 고개를 넘어갈 때면 집집마다 기둥에 걸어 놓은 스피커에서 피아노로 연주한 크시코스의 우편마차가 경쾌하게 흘러나왔다. 스피커는 약간 길쭉한 육면체의 밤색 나무 상자에 들어 있었다. 채널이 고정되어 선택의 여지가 없었고 볼륨 조절만 가능한 스피커였다. 그래서 누구네 집 할 것 없이 똑같은 내용의 방송이 흘러나왔지만 라디오가 귀하던 그 시절에 스피커는 우리에게 아주 많은 양의 정보와 지식을 제공해 주었다. 고맙게도 면 소재지인 정내의 한 독지가가 라디오와 앰프를 구입하여 각 가정의 스피커에 연결해서 방송을 듣게 해 주었기 때문에 가능한 일이었다. 방송을 위해서 삐삐선이라고 불리는 검은 색깔의 군용 전화선이 정내에서부터 야트막한 산길을 따라 각 마을까지 연결되어 있었다. 대부분의 마을 사람들이 근처의 농토에까지 들리도록 스피커를 크게 틀어 놓고 일터로 나갔기 때문에 그 소리가 늘 멀리까지 퍼져나갔다.

첫째 고개에서 얼마 안 떨어진 둘째 고개에 다다를 때쯤이면 스피커에서 흘러나오던 피아노 연주 소리가 점점 작아지면서 일기예보가 이어졌다. 당시에는 우리나라를 북부와 중부와 남부로 나누어서 일기예보를 했다. 우리 지역이 속한 중부지방의 일기예보에 귀를 기울이며 북동풍이 불 것이라는 예보를 수없이 들어 왔다. 높새바람의 영향 때문이었는지 중부지방은 북동풍이 자주 불었던 지역이었나 보다. 첫째 고개와 둘째 고개 사이는 가까운 거리지만 사방이 낮은 산으로 둘러싸여 있고 인적이 드문 곳이어서 아이들이 이곳을 지날 때면 무서움에 떨며 앞만 보고 내달려 단숨에 지나치곤 했다.

이렇게 피울을 지나고 궁터골의 논둑 밭둑을 거쳐서 중뱅이 방죽을 지나면 방죽에서 흘러내리는 작은 도랑을 만나게 된다. 키가 큰 아이들은 도랑을 건너뛰었고 나머지 아이들은 줄지어 늘어서서 차례대로 조심스럽게 섶다리를 건넜다. 그리고 나서 밭둑길을 따라 한참을 걸어 올라가 셋째 고개에 올라서면 학교와 면사무소와 파출소가 있는 면 소재지 정내의 당앞들이 훤히 내려다보였다. 그래서 우리들은 이 고개를 정내고개라고 불렀다. 정내에는 높이 솟은 철탑이 있었고 그 꼭대기에서는 매일 정오에 사이렌이 길게 울렸다. 마을에서는 이를 두고 오정을 분다고 했다. 유사시에는 정오가 아닌 시각에도 급박하게 울림으로써 화재와 같은 비상사태를 마을에 알리는 역할도 했었다.

집에서 나와 이렇게 세 개의 고개를 넘고 십여 리를 걸어 정내에 도착하면 국도인 비포장 신작로를 만나게 되었다. 버스가 다니던 신작로 양쪽 옆에는 플라타너스 가로수가 일정한 간격으로 줄을 맞춰 늘어서 있었고 그 옆에 측백나무 울타리로 둘러싸인 초등학교가 자리 잡고 있었다. 초등학교는 그 당시 지역의 유일한 교육 기관이었다. 매년 가을 운동회를 비롯하여 크고 작은 행사를 주관하고 지역 문화를 선도하며 오랫동안 주민들의 삶에서 실질적인 구심점 역할을 해 온 학교다. 다니골 아이들은 이렇게 논밭 사이의 시골길을 따라 학교를 오가며 꿈을 키워 왔다.

방까실 선영

방까실은 다니골에서 그리 멀지 않은 곳에 있는 마을이지만 부끄럽게도 나는 방까실에 있는 선영의 내력을 잘 알지 못한다. 곰곰 생각해 보니 내 삶에 대한 냉정한 반성 없이 막연히 양반 행세에 대한 반감만 가지고 있었던 게 큰 이유 중의 하나가 된 것 같다. 어린 시절부터 아버지는 정승 자손으로서의 처신을 강조하며 육조판서와 삼정승을 모두 역임하신 양파공(陽坡公) 할아버지의 중화(中和) 정신을 늘 강조하셨다. 한문 어휘 위주의 설명으로 이해하기 어렵기도 했지만, 그게 실질적으로 나에게 무슨 의미가 있을까 싶어서 이맛살을 찌푸리며 흘려듣기가 일쑤였다. 아버지는 동네 사람들에게 책잡히면 안 된다는 이유로 내가 아무렇게나 방까실에 가는 것을 좋아하지 않으셨고, 차례 때가 되어 모든 산소에 주과포혜 진설하고 묘제를 지낼 때에만 새 옷으로 차려 입고 참여하게 하셨다. 그래서 산지기에게 선영 아래의 가옥과 논밭을 제공하여 부치게 하고 마을 사람들에게서는 텃도지를 거두어 들였다는 이야기는 들었지만 왜 서울에서 큰 벼슬을 하시던 할아버지들의 산소가 이 시골 마을 방까실에 있게 되었는지 그 실상을 지금도 속속들이 알지 못한다.

　방까실의 한자 지명은 율지동(栗枝洞)이며 밤나무 가지와 관련하여 이런 이름이 붙게 된 것이다. 방까실의 야트막한 산으로 이어지는 선영 입구에는 지금도 커다란 밤나무들이 빼곡히 들어서 있다. 이 산은 동래 정 씨의 선영을 조성하기 위해 마을 사람들을 동원하여 인공으로 쌓은 산이라고 전해 오는데, 이곳에 조선 영조대왕 때 도승지와 좌의정 겸 영의정을 지내신 나의 9대조 할아버지 산소를 필두로 하여 내 부모님 산소가 모셔져 있다. 정승 할아버지 묘소의 빗돌은 돌의 질이 좋기로 이름이 난 함경도 땅 어느 곳에서부터 각 마을 주민들의 힘으로 마을에서 마을로 옮겨와 이곳에 세워졌다고 전해 온다.

　선영 바로 아래 마을 한복판에는 동래 정 씨가 몇 세대에 걸쳐 거주하였던 구로실(劬勞室)이라는 사당이 있다. 구로실은 자식을 낳아서 기르느라고 힘을 들이고 애를 쓴 집이라는 뜻이다. 나의 증조 유당공(留堂公) 할아버지가 태어난 곳이 바로 이곳이고 여기에 당신께서 손수 한 글자를 쓸 때마다 눈물로 써 내려갔다는 현판 구로실기(劬勞室記)를 걸어두어 옛일을 상기시키고 있었다. 유당공이 태어난 날부터 문 앞에 있는 우물이 삼일 동안 말라버리는 신기한 일이 일어났는데 마을 사람들 모두 이것을 아기가 이곳 산천의 정기를 타고났기 때문에 생긴 상서로운 일이라고 믿었다고 전해 온다.

　어린 시절 학교에서 집으로 가던 중 이 마을에 사는 아이들을 따라 이곳에 들른 적이 있었다. 그때 구로실에 거주하고 있던 백발의 노인이 어린 나를 보자마자 허리를 굽혀 굽신거리며 헌 고무신을 들고 나와서

엿장수를 불러 세우던 기억이 난다. 내가 마루에 걸터앉아 엿을 먹고 있는 동안 그 노인은 안방의 다락에서 기름 먹인 종이에 한문으로 쓰여진 책 한 권을 들고 나와 한 장씩 뜯어서 쇠죽솥 아궁이의 솔가지에 불을 붙였다. 아무렇지도 않은 일상생활인 듯 보였던 노인의 행동으로 미루어 짐작해 보면 구로실 안방 다락에 쌓여 있던 고서들은 아마도 그렇게 사라져 갔을 것이다.

유당공 할아버지는 늘그막에 당신의 평생 행적을 정리하여 유당공 행장이라는 책을 한문으로 엮었다. 그리고 한글로 번역한 것을 문중 어느 여인에게 정갈한 서체로 기록하게 하여 한글본을 엮어 냈다. 한문 어휘를 한글 흘림체로 써 내려간 책이라서 읽어 내기가 여간 어려운 일이 아니었기 때문에 오랫동안 누구도 정확하게 그 의미와 가치를 알지 못한 채 지나왔을 것이다. 다행히 이 책이 쇠죽솥 아궁이로 들어가기 직전에 아버지에게 발견되었고 그 복사본이 국어학을 전공하는 나에게까지 전해졌다. 나는 증조할아버지의 행장을 읽고 공부를 하며 우리 가문에 관하여 많은 사실들을 알게 되었다. 과천(果川) 남태령(南泰嶺) 우면산(牛眠山) 아래의 산소와 회동댁(會洞宅)의 유명한 일화들도 그때 알게 된 것이다. 그런 후 나는 오래 전 구로실에 거주하던 노인이 나에게 베풀어 주었던 과분한 환대와 늘 내 언행을 걱정하시던 아버지의 조바심을 이해할 수 있었다.

이제는 오랫동안 우리 집안과 이런저런 관련을 맺고 살아온 많은 어른들이 방까실 마을을 떠나갔고 선영 주변의 외형도 적잖이 변해버렸다. 나 또한 주변 상황 못지않게 생각이 많이 변하여 마음 내키면 아무

것도 의식하지 않고 내 멋대로 방까실 선영을 찾기도 한다. 어린 시절에 묘제를 지내느라고 산지기 어른을 따라 하루 종일 구로실에서 산소까지 힘겹게 제사 음식을 나르던 일들도 이제는 먼 과거로 사라져 버렸다. 가슴 졸이며 해 왔던 그 많은 일들, 세상이 변한 지금에 와서 무슨 소용이 있을까. 그러나 부모님 산소가 있는 산등성이는 여전히 산들바람이 스쳐 지나가는 곳이어서 이곳에 서면 도래솔 사이 실바람에 가냘프게 흔들리는 야생화의 수줍은 몸짓이 다시금 예전의 삼가고 삼가던 마음과 깊은 애상을 자아낸다.

증조부 행장을 주해하며

오래 전 어느 겨울날에 팔질(八耋) 연세의 선친께서 파란 보자기에 두 권의 책을 싸 들고 내 집에 오셨다. 『동래일사(東萊逸事)』와 『유당공 행장(留堂公 行狀)』이라는 책의 복사본이었다. 어릴 때부터 문중의 일에 대해서 별다른 관심을 갖지 않았던 나는 그 당시 두 권 복사본의 내용에 대해 아무런 흥미를 느끼지 못했다. 그러나 아버님께서 물려주신 것이었기 때문에 무엇보다도 소중하게 간직해 왔다. 두 권의 복사본을 책꽂이에 꽂아둔 채 몇 해가 지난 후 개화기(開化期) 국어와 관련된 논문을 쓰려고 준비할 때였다. 자료를 찾기 위해 이것저것 뒤적이던 중 서재에 꽂혀 있던 『유당공 행장』의 복사본을 펼쳐 보게 되었다. 책의 언어적 특징을 살펴보고 차차 그 내용을 음미하게 되면서부터 선영 하늘의 구름처럼 살다 가신 선친께 죄스러운 생각이 들었다. 그래서 각주를 달고 어려운 한자어를 쉬운 우리말로 옮기는 작업을 시작했다. 뒷날 누구라도 쉽게 읽어 보게 하기 위해서였다. 그러나 그것도 결코 쉬운 일이 아니었다. 다시 보면 볼 때마다 잘못된 곳이 수없이 눈에 띄었다. 그 작업이 내게는 너무 벅찬 일이어서 하는 수 없이 부족한 대로 초고를 겨우 마무리했다.

이와 같은 과정을 거쳐 『유당공 행장(留堂公 行狀)』을 판독하여 주석을 달고 현대어로 옮긴 주해서의 초고가 엮어지게 되었다. 이 『유당공 행장』은 1911년에 기록된 한문본을 토대로 하여 문중(門中)의 어느 여인이 한글 붓글씨로 기록해 놓은 필사본이다. 안타깝게도 필사본이 엮어지고 난 후 몇 세대를 지나면서 문중에서조차 거의 잊혀져 가고 있었다. 순한글로 기록되어 있지만, 생소한 용어와 한자어가 많고 표기나 어휘 또는 문체가 현대국어와는 매우 달라서 판독하기가 쉽지 않았기 때문이다. 나 또한 엉성하게 엮어진 초고를 오랫동안 서가에 꽂아두고 또 몇 해를 보냈다. 그리고 나서 또 적지 않은 세월이 흐른 다음에야 겨우 선친의 노필(老筆) 제자(題字)가 쓰러질 듯 박혀 있는 『유당공 행장』의 복사본과 원본인 필사본을 앞에 놓고 죄책감에 사로잡혀 있었다. 돋보기를 쓰시고 노안(老眼)으로 한 글자 한 글자 짚어 가며 『동래일사』와 『유당공 행장』을 읽으시던 아버님 생전의 모습이 눈에 선하였다.

그렇게 몇 년이 지난 후, 늦은 감이 있었지만 이번에는 정확하고 꼼꼼하게 읽어 보고자 초고를 다시 펼쳤다. 그리고 주해서를 내기로 마음먹었다. 선친의 뜻이기도 하였고, 국어사적 측면에서 개화기 국어 자료의 정리에도 보탬이 될 거라는 생각에서였다. 또한, 누군가가 이 글을 더 쉽게 풀이하고 해석하여 많은 사람들이 읽을 수 있게 하는 것이 나에게 남겨진 몫이라고 생각되어 주해서를 내기로 한 것이다.

나의 증조(曾祖) 유당공은 1839년에 태어나 1870년의 승보시에서 급제를 하였고 1880년의 알성별시에서 급제하여 가주서로 기용되었다. 그 후 성균관 대사성, 사간원 대사간, 사헌부 대사헌, 동래부사, 봉산군수 등의 벼슬을 하였으며 정이품 자헌대부에 오르신 분이다. 『유당공 행장』에는 증조할아버지께서 태어나서 성장하여 온 내용, 과거 급제, 벼슬의 내력, 벼슬하는 동안의 행적 등이 자세히 기록되어 있다. 그리고 근대국어에서 현대국어로 이행되는 과정의 과도기적 언어 특징들이 많이 발견된다. 이를테면, 표기상의 혼란이나 새로운 어휘의 등장, 문체나 문법상 신·구 요소의 공존 등을 밝혀 주는 예들이 나타나고 있어 개화기 국어의 연구에 도움을 줄 수 있는 좋은 자료가 되고 있다.

이 『유당공 행장』의 주해서는 판독문과 주석, 그리고 현대역으로 구성되어 있다. 판독문은 현대국어 정서법에 맞게 띄어쓰기를 하였으며, 괄호 속에 한자어를 넣어 알아보기 쉽게 하였다. 주석은 뜻풀이를 위주로 하였고, 현대역은 직역을 위주로 하였다. 다만, 의미가 잘 전달되지 않는 부분만 의역을 하여 한문 문장이나 한자어 어휘에 익숙하지 않은 후손들이 쉽게 이해할 수 있도록 하였다. 나 나름대로 최선을 다했지만, 이 주해서에는 판독을 잘못한 부분도 있을 것이고 엉뚱한 주석을 단 것도 있을 것이다. 더구나 현대어로 옮기는 과정에서는 더 많은 오류를 범하였을지도 모른다. 여기에 나타나는 잘못은 모두가 나의 책임이다.

주해서의 인쇄가 끝나자마자 책 한 권을 가지고 제일 먼저 부모님 산소로 달려갔다. 나의 박사학위 논문이 간행되었을 때, 학위 취득을 기다리다 끝내 못 보고 떠나가신 부모님께 눈길을 헤치고 달려갔을 때처럼 책의 간행을 눈물로 고해 올렸다. 그리고 몇 년 후, 저수지가 훤히 내려다보이는 칠갑산 국립공원 명당자리에서 유당공 할아버지를 방까실로 모셔 오던 날 주해서 한 권을 한지로 곱게 싸서 함께 넣어 드렸다.

아, 어머니

　내 어린 시절의 우리 집은 시골 마을에서는 그런대로 넉넉한 가정 형편이었기 때문에 나는 다른 아이들에 비해서 어렵지 않게 생활할 수 있었다. 더군다나 철없는 막내둥이로서 집안에서 어리광을 부릴 수도 있었고 비교적 많은 혜택과 특별한 지원을 받으며 일찍이 초등학교 때 중학교 진학을 위해서 청주로 전학을 하게 되었다. 그때는 지금처럼 교통이 발달하지 못한 시절이었으므로 명절이나 방학이 아니고서는 고향 집엘 자주 갈 수가 없었다.

　중학교 입시 경쟁이 아주 치열하던 때라서 모든 어린이들이 밤늦게까지 힘겨운 입시 공부에 시달려야 했고 등잔불 밑에 책을 펴 놓고 졸다가 머리와 눈썹을 그을리는 것은 아주 흔한 일이었다. 힘겨운 입학시험을 무사히 끝내고 몹시 추웠던 어느 겨울날 중학교 합격 소식을 가지고 고향으로 달려가 엄마 품에 안기던 기억을 떠올릴 때면 지금도 뿌듯하면서도 마음이 울컥해진다. 세상 물정을 모르던 나는 중학교에 입학하기 전까지 꽤 긴 기간 동안을 아무 생각 없이 마음껏 뛰놀며 부담 없이 즐거운 한 때를 보냈다. 그 해 봄에 엄마는 다니골 청룡고개 아래 한 귀퉁이의 자투리땅에다 도라지 씨를 뿌리셨고 그때부터 여름이 되면 청룡고개 길가에 하얀 빛과 보랏빛이 어우러진 예쁜 꽃밭이 모습을 드러내곤 했다. 여름방학을 맞아 며칠을 고향에서 보내고 개학날이 다가와 그곳을 떠나올 때 도라지 꽃밭 앞에서 엄마를 꼭 껴안으며 작별 인사를 나누던 생각이 난다. 나는 너무 고생하지 말라며 막내아들이 가정을 이루면 꼭 함께 살자고 응석을 부렸고 엄마는 웃으면서 이마에 둘렀던 흰 모시 수건으로 눈가를 훔쳐냈었다.

오랜 세월이 흐른 후 나는 맞벌이 부부가 되었고, 어머니는 임시 거처로 방까실 선영 아래의 묘사 구로실에 머물던 때 딸아이가 태어났다. 곧바로 구로실로 달려가서 도움을 청했고, 그렇게 해서 나는 어린 시절 도라지 꽃밭 앞에서의 약속대로 어머니와 함께 살게 되었다. 그러나 돌이켜 보면, 어머니를 편히 모시겠다는 내 의도와는 너무도 다르게 우리 집에 오셔서 또 다른 시집살이를 하신 것이다. 손녀딸 돌보는 일에 몸과 마음이 지치고, 철딱서니 없는 아들과 어설픈 며느리 생활 방식을 따르느라고 몹시도 힘이 드셨을 것이다. 그러면서도 내색 한 번 안 하시고 얼핏 잔잔한 웃음으로 흘려보내시던 나의 어머니셨다.

어머니는 우리 집에 오셔서도 집 앞의 빈 공간을 찾아서 뜨락에 화분 몇 개를 모아 놓고 또 도라지꽃을 예쁘게 가꾸셨다. 다니골 청룡고개 꽃밭에서 씨를 받아와 꽃눈을 틔운, 참으로 청순하고 가련한 꽃밭이었다. 몇 년의 세월이 또 지나갔다. 딸아이가 제법 자라서 학교에 입학을 했고 얼마 안 되어 아버님이 돌아가셨다. 어머니는 그 해에도 어김없이 우리 집의 도라지 꽃밭을 정성스럽게 가꾸셨다. 어머니는 평소 좀처럼 나들이를 하지 않으셨지만 아버님 기일을 맞아 첫 제사를 모신 후 다니골 고향 집으로 가셨다. 고향의 툇마루에 앉아서 서쪽 하늘의 저녁노을도 바라보시면서 하룻밤을 지낸 후 이튿날 아침 갑작스럽게 뇌출혈로 쓰러지셔서 혼수상태가 되어 다시 오셨다. 그리고 막내아들 품 안에서 영면하셨다.

어머님을 선영의 아버님 곁에 모시고 돌아오는 길에 빗방울이 한두 방울씩 떨어지더니 어린 손자 손녀 손잡고 드나들던 우리 집 현관 앞 촉촉히 젖은 화분에서는 도라지꽃이 또 피어나고 있었다. 그 무렵 나는 박사학위 논문을 준비하느라고 눈코 뜰 새 없이 바빴던 까닭에 거의 모든 시간을 책상 앞에 앉아서 보내야 했었다. 그러나 어머님을 떠나보내고 난 후부터는 어머님을 잃은 충격과 슬픔으로 일이 손에 잡히질 않았다. 공부를 하려고 책상 앞에 앉기는 하였지만, 그 옛날 도라지 꽃밭을 생각하며 한두 줄 낙서만 하다가 눈물로 지워버리는 일만 되풀이하곤 하였다.

애당초 시와 같은 문학적인 글을 쓰려는 의도가 전혀 없었고 그럴 재주도 없었지만, 부질없이 써 내려간 낙서들을 주워 모아 '도라지꽃'이라는 한 편의 글로 엮었다. 어머님의 꽃밭인 몇 개의 화분에서 피어나는 도라지꽃은 정말로 여름이면 고향 마을의 청룡고개 언덕에 흐드러지던 그 옛날 남새밭의 모습이었다. 화분이 놓여 있는 뜨락을 들며 나며 빗방울 사이로 피어나는 꽃송이들을 바라볼 때면 어머님 생각으로 속 저린 가슴에 찬비가 내리곤 했었다. 그리고 도라지꽃 앞에 서서 어머님을 생각할 때면 바쁘다는 핑계로 살아평생 못다 한 마음에 눈물이 나기도 했다. 해마다 어버이날이 다가와 아이들이 가슴에 카네이션을 달아 줄 때면, 나는 개울가에 어미를 묻은 청개구리가 되어 어머님 꽃밭에 때 이른 도라지꽃을 피워내곤 한다.

도라지꽃

'도라지꽃'은 나의 사모곡이다. 어느 날 고향 집에 다녀온다며 집을 나선 어머니는 다시 돌아오지 못하고 하늘나라로 떠나시고 말았다. 선영 곁의 산등성이에 어머님을 모셔 두고 집으로 돌아왔을 때 어머님이 애지중지 가꾸시던 꽃밭에 한두 방울 비가 내리더니 도라지꽃이 송이송이 피어났다.

뜰 앞을 들며 나며 도라지꽃을 볼 때마다 그 옛날 청룡고개의 어머님 꽃밭에 흐드러지던 꽃잎에 얽힌 추억이 되살아나고, 도라지꽃은 매년 다시 피어나지만 다시는 돌아올 수 없는 곳으로 떠나신 어머님에 대한 그리움이 어우러져 속 저린 가슴에 찬비만 내렸다. 그때의 심경을 한 편의 글로 엮었다.

어머님 꽃밭에 꽃이 핍니다. / 보랏빛 곱게 꽃이 핍니다.
당신 손수 키워 주신 손녀딸에게 / 물 주라 이르고 떠나신 당신 꽃밭에
하얀 빛 곱게 꽃이 핍니다.
하얀 빛 보랏빛 고운 빛깔은 / 청룡고개 언덕에 흐드러지던

그 옛날 남새밭의 모습입니다.

선영 곁에 당신 묻고 돌아오던 날 / 당신의 꽃밭에 비가 내리더니

도라지꽃 또 한 송이 피었습니다.

뜨락을 들며 나며 꽃밭을 보면 / 속 저린 가슴에 찬비 내리고

도라지꽃 앞에 서서 물을 뿌리면 / 평생에 못다 한 마음 눈물 납니다.

함박눈이 펑펑 쏟아져 내리는 어느 겨울날이었다. 통기타 동아리 활동을 하던 음악실에서 기타 합주를 하고 있던 중 을씨년스럽고 싱숭생숭한 분위기 때문인지 여성 회원 한 분이 커피를 마시자고 제안했다. 일부의 회원들은 가 버리고 몇몇이 난롯가에 둘러앉아 커피를 마시면서 담소를 나누었다. 마침 그때 연습하던 곡이 팝송 '내 어머니(mother of mine)'였고 딱히 화제도 마땅치 않아서 우리들은 자연스럽게 어머니 이야기를 하게 되었다. 내가 도라지꽃 이야기를 들려주었더니 동아리 활동을 지도하는 기타리스트이며 작곡가인 분이 가만히 듣고 있다가 도라지꽃 노랫말에 어울리게 작곡을 하겠다고 제안했다. 나는 서둘러 옛날의 '도라지꽃'을 바탕으로 하여 운율을 다시 맞춰서 노랫말을 만들었다.

도라지 꽃망울 터뜨리던 여름날 / 안개비 속으로 떠나간 임 그리워

꽃밭에 주저앉아 허공에 그린 얼굴 / 그 옛날 남새밭 흩날리던 꽃잎처럼

조각구름 저 너머 여울져 나부끼네.

아, 보고파요. 다시 올 수 없나요 / 뜰 앞에 꽃 한 송이 또 피어나는데.

하얀 꽃 남보라 꽃 곱디고운 빛깔에 / 사무치는 그리움이 파도처럼 밀려와

눈가에 서려 있는 허허바다 저 너머로 / 보고파 그 이름 가만히 부르는데

빗방울만 송이송이 꽃잎에 흩날리네.

아, 보고파요. 다시 올 수 없나요 / 뜰 앞에 꽃 한 송이 또 피어나는데.

얼마 후 이 노래의 작곡자인 기타리스트가 본인이 속해 있는 그룹사운드 공연에서 도라지꽃을 연주한다고 전해왔다. 아내와 함께 일찌감치 공연장에 도착하여 맨 앞자리에 자리 잡고 앉아서 도라지꽃 연주를 감상했다. 대금과 가야금, 기타와 첼로 등으로 특이하게 결성된 그룹사운드였고, 우리 부부는 어머님 생각으로 복받쳐 오르는 감정을 간신히 억누르며 음악을 감상했다. 고맙게도 공연이 끝나고 나서 이 노래 작사의 배경을 이야기해 달라는 요청이 있었기에 나는 연주자들과 청중들에게 어머님과 도라지꽃에 대하여 이야기해 주었다.

언젠가 무심천변 산책로를 혼자 걷고 있던 중 라디오에서 이 노래가 흘러나온 적이 있어서 나의 발걸음을 멈추게도 했었다. 노래와 연주가 끝나고 나서도 한참 동안 물가에 주저앉아서 무심하게 흘러가는 물결을 멍하니 바라보고 있었다. 하얗게 부서지며 떠내려가는 물결마다 당신은 떠나고 안 계시지만 도라지의 꽃말처럼 영원한 사랑을 남기고 가셨음을 말해 주고 있는 듯했다.

아내의 냉장고

우리 집에는 아내가 혼수품으로 가져온 냉장고가 하나 있었다. 십여 평 남짓한 작은 아파트에 신혼살림을 차렸던 우리에게는 아주 소중한 물건이었고 내 살림살이 가운데서는 그래도 꽤나 값이 나가는 재산 중의 하나였다. 그래서 문을 여닫을 때마다 살살 조심해서 다루었고 늘 깨끗하게 닦으면서 사용해 왔다. 더구나 가난한 월급쟁이에게 딸을 시집보내는 장인어른이 걱정스러움과 서운함을 함께 담아 직접 들여놓아 준 것이어서 아내는 늘 애지중지하였다. 냉장고를 들여놓던 날은 몹시 추운 겨울이었다. 젊은 시절 사업에 성공하여 상당한 재력을 쌓아 놓은 장인어른은 우리의 살림살이가 소꿉장난처럼 보였는지 아무 말 없이 큰 컵에 가득 약주만 들이키셨다. 맏딸이 차려온 술상 위로 술잔마다 서운함과 안타까움이 묻어나는 걸 느꼈지만 난 아내에게 아무 말도 하지 않았다.

세월이 흘러 우리에게는 두 아이가 태어났고 고향에 계시던 부모님이 우리 집으로 오셔서 아이들을 돌보며 십여 년을 함께 살았다. 그리고 부모님이 모두 돌아가시고 난 뒤에 우리는 처부모님 댁으로 들어가서 또 십여 년을 살았다. 그동안 냉장고는 가족의 수가 늘어나면서 제 용량에 넘치는 부담을 견디느라고 우리 맞벌이 부부의 힘겨운 살림만큼이나 힘들게 작동되었다. 언제부터인가는 작동 소리가 커지고 때로는 힘겹게 달달거리는 소리가 멀리까지 들렸다. 조용한 밤이면 그 소리가 더 크게 들려서 대학 입시를 준비하는 딸아이와 아내 사이에 짜증스런 대화가 오가기도 했었다.

그렇게 소리를 내며 불안하게 돌아가던 냉장고가 하루하루 너무도 힘겨웠었는지 결국 작동을 멈추고 말았다. 평소 작은 용량과 낮은 성능에 불만을 가지고 있던 나는 그 기회에 냉장고를 바꾸고 싶었었다. 월수입도 어느 정도 늘어났고 조금만 더 보태면 옆집보다 더 좋은 냉장고를 살 수 있는 돈도 통장에 들어 있었기 때문에 자신만만하게 교체를 제안하였다. 그러나 무정물인 냉장고와도 정이 깊이 들었는지 아내가 극구 반대하는 바람에 하는 수 없이 고장이 난 냉장고를 고쳐서 쓰기로 하고 수리를 의뢰했다. 그러나 서비스 센터 직원이 이리저리 둘러보고 나더니 수리할 수 없다는 결론을 내렸다. 그 이유는 너무 오래된 냉장고라서 부품을 구할 수도 없고 자기는 이런 모델의 냉장고를 본 적도 없기 때문이라고 했다. 하긴 스무 살 남짓한 그 사람이 자기가 태어나기 몇 년 전에 만들어진 냉장고의 구조를 어찌 세밀하게 알 수 있을까 싶어 쓴웃음이 났다. 하는 수 없이 몇 군데의 중고품 가게를 드나들며 특별히 부탁한 끝에 어렵게 부품을 구해냈고 우리 집 냉장고는 다시 가동이 되었다.

그런 일이 있고 나서 얼마 후 우리 가족은 이런저런 가정 문제로 처부모님 댁에서 나와 이사를 하게 되었다. 노부모 두 분만을 커다란 집에 남겨 두고 떠나온 날 아내는 물수건으로 냉장고를 닦으며 많이도 울었다. 그럴 만한 이유도 있었지만 노부모님을 직접 모시고 살지 못하게 되는 것이 그렇게도 서러웠나 보다. 어쨌든 그때의 우리 집 냉장고는 그런대로 작동이 잘 되고 있었다. 낡고 초라한 외형 때문에 드나드는 사람들마다 궁상떨지 말고 신형으로 바꾸라고 한마디씩 했지만 아내의 혼수품 냉장고는 여전히 우리 네 식구의 살림을 훌륭히 꾸려가고 있었다.

그러던 어느 날 친지 한 분이 체육대회 모임에 참석했다가 행운권 추첨에서 경품으로 탔다며 크고 좋은 고급 냉장고를 하나 보내왔다. 드디어 이십여 년 이상 정든 냉장고가 우리 집을 떠날 차례가 된 것이다. 아내는 냉장고가 아직도 쓸 만하고 정이 든 까닭에 차마 아무렇게나 버리지 못하고 며칠 동안 보낼 곳을 찾아 고민했다. 그러나 워낙 물질이 풍부한 시대라서인지 낡은 냉장고를 찾는 사람이 없었다. 경비실에 부탁을 하고 또 며칠을 기다린 끝에 다행히도 이웃 아파트의 경비원에게 주게 되었다.

약속한 날에 경비원이 왔다. 가랑비가 보슬보슬 내리기 시작하는 여름날 저녁이었다. 아내는 경비원에게 줄 약간의 음식을 만들고 있었고 나와 경비원은 냉장고를 간신히 들어서 밖으로 내놓았다. 냉장고를 손수레에 싣고 서둘러 떠나려 할 때 아내가 옷장 속에 겨울옷 싸 두었던 비닐을 벗겨 들고 급히 달려 나왔다. 가랑비에 젖지 않도록 정성스레 냉장고를 덮은 후 낡은 냉장고의 특성과 유사시의 응급처치법을 자세히 설명하면서 잘 써 달라는 당부의 말을 몇 번이나 되풀이하였다.

냉장고를 실려 보내고 난 우리 부부는 비 내리는 창가에서 한동안 말없이 서 있었다. 유리창 밖의 어둠 속 빗줄기는 차츰 굵어져 갔고 빗줄기 사이로 이십여 년 전 냉장고를 들여놓고 약주를 들이키시던 장인어른의 모습이 떠올랐다. 나는 곧바로 옛날의 그 약주 한 병을 사 들고 아내와 함께 처부모님 댁으로 달려가서 거나하게 취했다. 그리고 자정이 훨씬 지난 깊은 밤에 빗속을 달려서 집으로 돌아왔다. 주방에서는 새로 들여온 냉장고가 소리도 없이 잘도 돌아가고 있었다. 그러나 그날 밤 마음속 한 구석의 허전함 때문에 잠을 이룰 수가 없었다.

걱정도 팔자

　서양사를 전공하는 딸아이가 독일 베를린으로 유학을 떠나게 되었다. 교환학생으로 선발되어 독일의 훔볼트 대학에서 일 년 동안 공부하게 되었기 때문이다. 베를린으로 가기에 앞서 본 대학으로 가서 미리 독일어 공부를 할 계획이었으므로 우선 프랑크푸르트로 가기 위해 출국하게 된 것이다. 독일보다 더 먼 곳으로 가족 해외여행을 다녀오기도 했고 제 엄마가 두 자녀를 데리고 한동안 외국에 머물며 공부한 경험이 있는데도 불구하고 딸아이를 홀로 떠나보내려니 왠지 모를 불안감과 걱정이 앞섰다. 우리는 딸아이가 서울로 대학 진학을 하게 되었을 때도 함께 살기 위해 온 가족이 서울로 옮겨와 살았고 그때까지 서로 헤어져서 살아본 적이 없었다. 그래서인지 나의 걱정은 좀처럼 가시지 않았다.

　아침 식사 후 공항으로 출발하기 전에 가족들이 모두 모여서 식탁에 둘러앉아 석별의 정을 나누고 딸아이의 무사함을 기원하는 예배를 드렸다. 예배를 마치자마자 출발을 서두르느라 몸은 바쁘게 움직이면서도 작별의 눈물을 훔치는 아내와 딸과 아들의 모습을 곁눈질로 바라보았다. 우리가 가정을 이루고 살아온 이래 처음으로 한 사람이 가족들과 오랫동안 헤어져 살게 되는 이별의 순간이기 때문에 흘리는 눈물일 것이다. 손녀딸을 키워 주신 어머님이 돌아가신 후 허전한 마음에 우리 식구로 맞아들여 십여 년을 함께 살고 있는 애견 솔이도 수심에 잠겨 있었다. 어쩌면 저를 가장 끔찍하게 사랑하는 주인이자 친한 벗이 멀리 떠나게 된 것을 미리부터 알고 있었는지도 모른다.

공항에서 딸아이를 멀고 낯선 땅으로 떠나보내고 돌아오는 아비 마음이 그렇게 아플 줄은 미처 몰랐었다. 경비를 줄이기 위해서 이것저것 챙겨 가느라고 무거운 짐을 들고 힘겹게 탑승 수속을 밟는 뒷모습을 보고서도 가슴이 아팠다. 출국장으로 들어서는 딸아이에게 작별 인사를 하려고 다가섰다가 목이 메어 아무 말도 못하고 손만 마주 흔들다 돌아섰다. 무슨 일이든지 당당히 잘 해낼 수 있으리라는 믿음이 가면서도 왜 그때 그렇게 걱정스러웠는지 모른다. 더 좋은 환경에서 공부하기 위하여 유학을 떠나는 일이 값지고 유익한 일이지 슬퍼할 일이 전혀 아니지만, 난생 처음으로 어린 딸과 오랫동안 헤어져 살게 되는 서운함과 걱정 때문에 아비의 마음이 아팠을 것이다.

공항에서 집으로 돌아오는 길에서도 아내는 눈물만 짓고 있었다. 아들 녀석은 분위기를 바꿔 보려고 애를 쓰며 누나가 떠나서 홀가분하다고 익살을 떨었지만, 늘 저와 가장 가까이에서 부대끼며 생활하던 누나를 멀리 떠나보내는 제 속은 오죽했을까. 집에 돌아와서도 일이 손에 잡히질 않았다. 이 녀석이 지금쯤 어디쯤 날아가고 있을까 기내식은 먹었을까 그 무거운 짐은 어떻게 운반하나 별의별 생각이 다 들었다. 딸아이의 방을 정리하는 아내의 모습도 힘이 없어 보였다. 그런데 이게 웬일인

가. 솔이가 밥도 안 먹고 온전히 걷지도 못하고 있었다. 아내와 함께 솔이를 데리고 부랴부랴 동물병원으로 갔다. 나이가 들어 몸이 쇠약해진 이유도 있겠지만 심리적 불안도 적지 않을 것이란다. 어쩌면 노쇠한 솔이는 자기를 가장 아껴 주던 주인이 집으로 돌아올 때까지 이 세상에 살아 있지 못하리라는 걸 예감하고 있었는지도 모른다. 가련한 생각이 들어 딸아이가 하던 것처럼 힘없이 누워 있는 솔이를 가만히 어루만져 주었다.

자정이 지나고 또 두세 시간이 지날 때까지 나는 책상 앞에 앉아 멍하니 창밖만 바라보고 있었다. 야경이 아름다워서 가족들이 자주 모여 앉아 차를 마시며 바라보곤 하던 대모산 아래 마을의 불빛을 가끔씩 고개를 들어 바라보다가 딸아이가 떠난 빈방에 들어가서 체취를 느껴 보았다. 딸아이는 어려서부터 참으로 기특하게 자라 온 녀석이다. 아주 성실하고 빈틈없이 생활해 왔고 할머니의 영향을 받고 자라서인지 무엇보다도 남을 배려할 줄 아는 착한 마음도 가지고 성장해 왔다. 그리고 유치원 시절부터 첼로 연주 공부를 시작하여 꾸준히 연주 활동을 하면서도 학과 공부를 게을리 하지 않아 거의 수석을 놓치지 않았다. 내가 뒤늦게 교수로 임용되는 바람에 뒷바라지도 제대로 못해 주었지만, 학창 시절 내내 장학금이나 각종 경시대회 상금으로 오히려 가정에 보탬을 주기도 했다. 우리 부부는 그동안 만만찮은 살림 속에서 우리 나름대로 자녀 교육을 최우선 순위에 두며 가정을 꾸려 왔지만, 막상 딸아이를 보내 놓고 보니 생각했던 것만큼 아비 노릇을 못한 것 같아 다시금 미안한 생각이 들었다.

착잡한 마음에 이런저런 생각을 하며 평소처럼 다시 연구실로 향하는 중이었다. 승강기 안에서 만난 동료 여교수가 인사말을 건네며 나의 낯빛이 밝지 않다면서 무슨 일이 있느냐고 물었다. 연구실 앞 복도에 멈추어 서서 심각하게 자초지종을 얘기했더니 그 여교수는 한바탕 웃고 난 후 그렇게 고민거리가 없느냐며 걱정도 팔자라고 핀잔을 주었다. 그 여교수는 젊은 시절에 홀로 프랑스 파리의 대학으로 공부하러 떠날 때 걱정은커녕 설레는 마음으로 무척 행복했었다고 자신의 과거를 회상했다. 사실 이번 우리 집안의 일도 축하하고 즐거워해야 할 일이지 슬퍼할 일은 아니다. 장도에 오르는 딸아이를 슬픈 분위기 속에서 떠나보내며 가슴 아파한 일이 못내 부끄러운 아침이었다.

산기슭에 솔이를 묻고

싸늘한 동물병원 수술대 위에서 솔이가 하늘나라로 떠나갔다. 지켜보는 가족이 아무도 없이 쓸쓸하게 혼자서 떠나갔다. 담당 의사의 다급한 전화를 받자마자 아내와 함께 서둘러 달려갔지만, 이제 막 눈을 감은 따뜻한 주검만이 우리를 기다리고 있었다. 며칠 전 큰 수술을 받고 결과가 좋아 이제 막 퇴원하려는 참이었는데, 정말 믿기지 않는 일이었다. 우리 가족과 인연을 맺은 후 십사 년을 사는 동안 어려운 고비마다 모질게도 잘 견디어 왔었는데 병원에서 애타게 주인을 찾으며 기다리다 우리 부부가 도착할 때까지 몇 분을 더 견디지 못하고 저세상으로 떠나갔다.

복받치는 슬픔을 이기지 못해 흐느끼는 아내를 간신히 달래면서 아직도 따뜻한 솔이의 주검을 품에 안고 집으로 왔다. 솔이를 차마 내려놓지 못하고 두 팔로 감싸 안은 채 애써 눈물을 참고 있는 내 곁에서 아들 녀석은 눈물을 삼키면서 독일 베를린에 있는 누나에게는 절대 알리지 말라고 당부하였다. 각별히 솔이를 예뻐하는 누나가 먼 타국에서 이 비보를 들으면 받게 될 충격과 슬픔이 걱정되었던 모양이다.

어머님이 돌아가시던 해 솔이는 선영 아래의 구로실에서 내 품에 안겨 우리 집으로 왔다. 화창한 가을날 오후 방까실 산소에서 내려오다가 구로실 봉당에서 따스한 가을볕을 쬐고 있는 하얀 몰티즈 가족을 발견하고 아내가 무척 귀여워하는 모습을 보더니 집 주인이 얼른 아기 몰티즈 한 마리를 내 품에 안겨 주었다. 아주 영리하고 온순해서 가족들의 사랑을 듬뿍 받았던 솔이는 우리와 네 차례 이사를 하면서 서울까지 와서 함께 살게 된 것이다. 솔이는 우리 가족이 되어 어느 해 겨울에는 합천 해인사로 가족 여행을 다녀오기도 했고 어느 여름에는 설악산도 다녀왔고 동해 바닷가 어느 별장에서 함께 피서를 즐기기도 했다.

영리한 솔이는 가끔 저를 떼어 놓고 우리 가족들끼리 여행 떠날 준비를 할 때면 미리 알아차리고 골이 나서 불러도 다가오지 않고 거실 모서리에 주저앉아 슬픈 표정을 짓기도 했다. 긴 여행 떠날 준비를 할 때면 더욱 그랬다. 우리 가족들이 캐나다로 떠나려고 준비할 때에는 아예 빈방으로 들어가 방구석에 들어박혀 나오지도 않았다. 캘거리에 머물던 중 집안일을 도와주던 아주머니에게 맡기고 온 솔이가 걱정이 되어 전화를 했더니 내 목소리를 알아듣고 원망스럽게 마구 짖어댔다. 조용히 시무룩하게 지내다가 주인의 전화 목소리를 듣고 한동안을 그렇게 짖어댔다는 말을 전해 들으니 홀로 남겨 두고 여행을 떠나온 것이 몹시 미안하기도 했었다. 솔이를 떠나보내고 난 후에는 솔이가 투정하던 때의 모습들이 더 자주 안쓰럽게 떠올랐다.

서울에 살면서부터 솔이는 많이 허약해져서 병원 출입이 잦았다. 주말이 되면 틈나는 대로 석촌호숫가에 나가 운동도 하고 동물병원에서 치료도 받았지만, 점점 더 야위어 갔다. 일 년 전 딸아이가 독일로 떠나던 날 아침에는 모든 것을 체념한 듯 침통한 모습으로 조용히 앉아 있다가 출국한 직후에 두 다리가 마비되어 걷지도 못했다. 어쩌면 그 모습은 먼 길 떠난 주인이 돌아올 때까지 이 세상에 살아 있지 못할 것을 암시한 것인지도 모른다. 어쩌면 솔이는 자기의 죽음을 예감하고 있었는지도 모른다. 이것은 아마도 지순한 사랑과 깨끗한 영혼만이 느낄 수 있는 동물적 본능일 것이다. 말 못하는 짐승으로서 주인과의 영결을 예감하고 그 슬픔을 가슴속에 묻어두고 살았을 솔이가 너무도 가련했다.

딸아이를 이역만리 먼 곳으로 떠나보내 놓고 끝없이 밀려오는 이별의 슬픔과 걱정 때문에 뜬눈으로 하얗게 지새우던 밤이 떠오른다. 바로 그 밤에 솔이는 마비된 두 다리를 끌면서 내 곁에 겨우 다가와 내가 술에 취하여 돌아온 날이면 늘 그랬듯이 내 무릎에 앞발을 올려놓은 채 함께 밤을 새웠다.

우리 세 식구는 솔이의 주검을 하얀 천으로 덮어서 이백여 리 떨어진 고향 마을로 달려 내려가 양지 바른 산자락으로 돌려보냈다. 솔이는 싸늘한 주검으로 내 품에 안겨서 어릴 적 나와 함께 떠나오던 구로실 옆의 샛길을 지나고 선영으로 이어지는 조그만 오솔길을 따라 방까실 산기슭으로 다시 돌아갔다. 해질녘 서울을 향해 달리는 내 차 안에는 저녁 노을 한 줄기가 빨갛게 들이 비칠 뿐 서로가 아무 말 없이 차창만 바라보고 있었다. 산기슭에 솔이를 묻고 돌아온 그날 밤 나는 잠을 이루지 못하고 한 생명의 나고 죽음과 가슴속에 사무치는 슬픔과 그리움을 생각했다. 그리고 이승의 아픔과 괴로움과 그리움마저도 다 벗어버리고 편안히 잠들기를 빌었다.

다시 듣는 그 노래

　서울로 이사를 온 지도 어느덧 몇 해가 흘러 딸아이는 대학 졸업반이 되었고, 시간이 지나면 지날수록 나는 주말 부부의 빠듯한 삶과 외로움에 지쳐가고 있었다. 게다가 아내마저 대학 입시를 앞둔 아들아이 뒷바라지에 정신이 없었던 시절이었다. 어느 무덥던 여름날 아침 강의실로 가던 중, 대학원 진학 문제를 놓고 며칠 동안 언쟁을 하던 끝에 한동안 냉전을 이어가던 딸아이로부터 전화가 왔다. 진로 상담을 하러 내 연구실로 찾아오겠다는 내용이었다. 그때까지 나는 딸아이가 국내의 대학원에 진학하여 대학 교원이 되기를 바랐었다. 학창 시절 내내 기대 이상으로 모든 것을 잘해 온 딸이었기 때문에 내심 나의 기대도 컸고 딸아이와 전공 분야가 동일한 동료 교수들의 판단과 조언에 비추어 볼 때 여러 가지 조건이 골고루 잘 갖추어져 있는 편이었기 때문이었다. 국내 대학원에 진학하면 주변의 도움도 받아 가며 탄탄대로를 걸을 수도 있을 텐데 왜 미래가 불확실하고 힘겨운 외국 유학을 선택하려고 하는지 이해가 되지 않았다. 어쨌든 내가 생각하고 있는 대로 진로를 정하도록 다시 한 번 설득해 볼 요량으로 마음먹고 기다렸다.

오후 강의를 마치고 난 후 서둘러서 연구실로 돌아와 보니 딸아이가 먼저 도착하여 복도에서 서성이고 있었다. 잠겨 있는 연구실 문 앞에 서서 한참을 기다렸을 딸아이를 데리고 내 숙소 근처의 조용한 식당으로 갔다. 다소 무거운 주제의 대화를 겨우 이어 가며 삼겹살에 소주 한 잔씩 걸치고 나서 서너 평 남짓한 내 숙소인 원룸으로 들어왔다. 딸아이의 이야기는 베를린 훔볼트 대학에서의 수학을 연계하여 런던 정경대학(LSE)의 대학원에 진학하겠다는 내용이었고 이미 생활비를 포함하여 학비 전액을 지원받는 장학생으로 최종 선발되었다고 했다. 이야기를 들어 보니, 물론 그 일을 추진하는 동안의 과정이 무척 힘들었을 테고 마침내 엄청나게 좋은 결과를 얻어낸 것임은 틀림없지만, 우선은 국내에서 학위과정을 마치는 게 안전하고 유리하다고 판단해 온 나로서는 선뜻 허락할 수가 없었다. 우리의 논쟁은 꽤 오랫동안 이어졌다. 그러나 구체적인 계획과 목표를 확인해 나가면서 이내 나 자신이 우물 안 개구리라는 생각이 들게 되었고 딸아이의 결심과 각오가 확고함을 확인하게 되었다. 결국 잠시 동안의 승강이 끝에 유학 계획을 허락하였다. 나의 허락에 기뻐서 펄쩍 뛸 줄 알았는데, 그동안 마음고생이 많아서였는지 안도의 낯빛이었지만 눈가에는 이슬이 맺혔다. 가만히 다가가 꼭 안아 주려니까 그 옛날 돌이 채 지나지 않은 아기의 향기가 또 다시 나는 것 같았다. 잠시 동안 침묵이 흐른 후 우리 둘은 좁은 방의 창가에 기대어 서서 와인 한 잔으로 미래를 위하여 축배를 들었다.

　　해외 유학생의 장학금은 해당 대학원에 등록한 후에 지급되기 때문에 일단 그 지역의 대학으로 가서 정착할 때까지의 경비가 필요할 수밖에 없다. 그런데도 유학 경험이 없는 나로서는 그걸 미리 알아서 챙겨줄 생각을 하지 못했고 딸아이가 아주 어렵게 먼저 그 말을 꺼냈었다. 몇 푼 되지도 않는 금액을 어렵게 이야기하던 표정과 제 나름대로 계획을 세우고 최소한의 경비를 꼼꼼하게 적어 놓은 알뜰한 계획서를 보면서 한 편으로는 아비로서 미안한 생각이 들었다. 정착할 때까지 구내식당에서 저렴한 음식으로 몇 차례의 식사를 하게 될 것인지까지 적어 놓은 계획서를 보고 조금이라도 넉넉하게 지원해 주고 싶은 마음에 속으로 내 예금통장의 잔고와 견주어 가며 저울질해 보고 있었다. 그때의 경험은 훗날 아들아이가 전액을 지원받는 국비유학생으로 선발되어 런던의 골드스미스(Goldsmiths)대 대학원으로 유학을 떠날 때 큰 도움이 되었다.

어색하게 시작했던 대화가 잘 마무리되었고 여름밤은 깊어가고 있었다. 약간 오른 취기에 기대어 아주 오랜만에 먼지가 뽀얗게 앉은 통기타를 꺼내 들고 서툰 솜씨로 청승을 떨었다. 그때 부른 노래는 기다림에 지쳐서 외로운 산모퉁이에 홀로 서 있게 된 망부석의 슬픈 사연이 깃들어 있다는 가곡 '기다리는 마음'이었다. 그러자 딸애가 조용히 다가와 살며시 미소 지으며 앙코르를 청했다. 영문도 모른 채 취중에 또 한 번의 불협화음을 내자 딸아이는 나의 등 뒤에 서서 두 손을 내 어깨에 얹은 채 나의 노래를 따라 불렀다. 비록 수준이 낮고 취중에 부르는 이중창이었을지라도 자주 느껴보기 어려운 행복한 순간이었다. 딸아이가 몰래 내 눈에 띄지 않도록 의자 밑 방바닥에 놓아두었던 디지털 카메라가 녹음을 하고 있다는 사실을 그때는 까맣게 몰랐었다. 딸아이가 런던으로 떠나고 몇 개월이 지난 후 캠퍼스에 또 다시 봄이 찾아왔고 새 학기가 시작되어 정신없이 바쁠 때였다. 런던 대학교 도서관에서 반갑게 날아 온 전자우편 '그리운 아빠께'에는 그 옛날 우리 부녀가 함께 부른 이중창의 부끄러운 불협화음이 첨부되어 있었다.

세느강변을 거닐다가

독일에서 공부하고 있는 딸한테서 전자우편이 날아왔다. 여름방학을 맞아 음악을 전공하는 베를린의 대학생들로 구성된 오케스트라단원에 합류하여 공연을 하게 되었단다. 음악 전공자도 아니고 첼로도 가지고 있지 않았지만, 오디션 과정에서 지휘자가 자기의 첼로를 빌려주면서 연주에 참여하게 해 주었다고 한다. 기특하게 느껴져 곧바로 항공권을 구입하여 독일로 향했고 공연이 열리는 베를린의 어느 성당으로 갔다. 세계대전의 탄흔이 그대로 보존되어 있는 성당이었다. 독일인들은 전쟁으로 인하여 폭격당한 흔적을 교육적 차원에서 그대로 남겨두고 있다고 한다. 연주회가 끝나고 그 성당 아트홀의 외국인들 틈에 끼어 딸아이와 함께 의미 있는 뒤풀이를 경험하기도 했다.

독일에 온 김에 딸아이에게 맛있는 음식도 사주고 함께 여행도 하고 싶어서 제안을 했더니 마침 시간적 여유가 있다고 했다. 우리는 뮌헨으로 가서 차를 빌려 가지고 오스트리아를 거쳐 알프스의 높은 산을 넘어 스위스와 리히텐슈타인 공화국을 돌아 베를린으로 다시 돌아왔다. 늘 그리워하던 딸아이와 함께 보낸 꿈같은 며칠 동안의 여행이었다. 물안

개 너머로 뉘엿뉘엿 해가 질 무렵 천천히 차를 몰아 도착한 잘츠부르크 호숫가 마을에서 흘러나오던 모차르트의 바이올린 소나타 선율을 나는 아직도 잊을 수가 없다.

우리는 다시 베를린 테겔 공항에서 파리의 오를리 공항으로 날아갔다. 공항에서 시내로 들어서자마자 찬란하고 아름다운 건물들이 황홀하게 다가왔다. 사방 어느 곳을 바라보아도 아름답지 않은 곳이 없었다. 이래서 많은 사람들이 파리를 즐겨 찾는가 보다 생각했다. 우리가 예약해 놓은 호텔은 파리의 중심지인 시청사 바로 옆 건물이었지만 백 년 전에 지어진 낡은 건물이라서 환경이 아주 열악했다. 그러나 창문 밖으로 예술 작품 같은 시청사 건물과 노틀담 성당의 아름다운 모습이 코앞에 바라보이는 곳이어서 파리에 있는 동안 줄곧 그곳에 머물렀다.

파리 시내를 여행하는 동안 내가 만난 프랑스 사람들은 정말로 불친절했다. 어쩌면 동양인을 무시하는 것 같기도 했고 그들만의 선민의식을 갖고 있는 것 같기도 하여 불쾌하기 짝이 없었다. 호텔의 여주인은 이재에만 밝은 사람이라서 겉으로는 온갖 수식어로 친절을 베풀었지만 실제로는 인색하기 짝이 없는 사람이었다. 매일 빵과 치즈 등 간단한 음식으로 끼니를 때우던 끝에 마음먹고 찾아간 고급 레스토랑 지배인은 더욱 가관이었다. 우리 두 사람이 먹은 저녁 값이 호텔 숙박비와 맞먹을 정도로 비싼 곳임에도 영화배우처럼 잘 생긴 나비넥타이의 지배인은 우리에게 오만방자하게 굴었다. 그 레스토랑에 동양인이라고는 우리 둘뿐이었고 영어로 주문을 하자 프랑스어를 쓰지 않는다고 더욱 불친절하게 대꾸했다. 딸아이가 화가 나서 아예 독일어로 항의를 하니까 대꾸도 없이 들어가 버렸다. 유럽 여행 중에서 가장 비싼 값을 치르고 들른 고급 음식점에서 우리는 이런 대접을 받았다. 그래도 이런 건방진 사람들보다는 친절하고 고운 마음씨를 가진 사람들이 더 많을 거라고 스스로를 위로하면서 시가지를 돌아보았다. 파리는 과연 아름다운 도시였다. 가는 곳마다 놀라움과 부러움으로 감탄사를 연발하며 여행을 했다. 이래서 불친절한 대접을 받으면서도 세계 각국에서 여행객이 몰려드는가 보다.

루브르 박물관과 그 주변을 돌아보고 지친 몸으로 세느강변을 따라 걸어오다가 잠시 쉬어갈 양으로 들른 강변의 카페 또한 너무도 낭만적인 곳이었다. 석양에 물든 세느강이 바라보이는 파라솔 밑에 자리를 잡고 앉았다. 깊고 큰 눈을 가진 여종업원이 다가왔다. 서양의 미인형이지만 어딘지 모르게 잘 생긴 인도인처럼 동양인의 느낌을 그윽하게 간직한 여인이었다. 서툰 영어로 아이스크림 하나와 맥주 한 컵을 주문했더니 잠시 머뭇거리다가 왜 아이스크림을 하나만 주문하느냐고 물었다. 딱히 대답할 말이 마땅치 않아서 여행 경비도 줄이고 나는 맥주 한 컵이면 충분하다고 대답했다. 잠시 후 여종업원은 맥주 한 컵과 두 개의 예쁜 도자기 그릇에 아이스크림을 받쳐 들고 와서 아이스크림 하나의 값은 자기가 치르겠다고 했다. 이유를 묻자 웃으면서 그냥이라고 대답했다. 그리고 돌아가려다 잠시 걸음을 멈추면서 촉촉히 젖은 눈으로 고향에 계신 아빠 생각이 난다고 덧붙였다. 아마도 우리 부녀가 한가로이 함께 여행하는 것을 보고 그렇게 할 수 없는 자기의 처지를 생각했나 보다. 여종업원의 호의를 고맙게 받아들였지만 나보다 젊고 가난해 보이는 그 여인에게 아이스크림을 공짜로 얻어먹을 수는 없는 노릇이었다. 계산대로 가서 맥주 한 컵과 아이스크림 한 개 값만 지불했다. 그리고 탁자 위에다가 아이스크림 한 개의 값보다 더 많은 달러를 남겨 놓고 카페를 나왔다. 우리는 왠지 슬퍼 보이는 여종업원의 표정과 따뜻한 인정에 대해 이야기하면서 몇십 미터 걸어오다가 뒤를 돌아보았다. 여종업원이 손을 흔들고 있었다. 우리 부녀도 손을 마주 흔들면서 아마도 그 여인에게는 동양인의 피가 흐르고 있을 거라고 생각했다.

툇마루에서

툇마루는 집의 안채나 바깥채의 가장자리나 밖으로 달아낸 마루다. 본래 칸살의 밖으로 붙여서 만들었기 때문에 있어도 그만 없어도 그만 인 마루로 일종의 덤인 셈이다. 그러나 툇마루는 오래 전부터 우리의 일 상생활에서 아주 요긴하게 쓰여 오고 있다. 전통 가옥의 구조상 집을 안 팎으로 드나드는 통로이고, 신발을 벗고 방으로 들어가기 위해 첫발을 내딛는 곳이다. 때로는 집 안의 사소한 허드렛일을 번거로움 없이 곧바 로 처리해 버리는 효율적 공간으로 활용되기도 한다.

툇마루는 누구에게나 늘 열려 있는 곳이니 안팎이 따로 있을 수도 없 고, 주인이 따로 없으니 누구나 쉽게 다가갈 수 있는 공간이다. 집의 바 깥채에 딸려 있는 경우라면 더욱 자유로운 곳이다. 언뜻 보면 보잘것없 이 허름한 곳 같지만 우리는 툇마루에서 많은 것을 얻고 산다. 툇마루 는 집의 내부와 외부를 연결시켜 주는 완충 공간이다. 이곳으로 드나들 며 옷매무새를 가지런히 하고 갑작스런 분위기 변화에 적응하며 마음을 가다듬기도 한다. 또한, 툇마루는 흙발을 털지도 않은 채 아무렇지도 않 게 걸터앉아 휴식을 취하면서 사색에 잠길 수 있는 곳이다. 때로는 여유롭게 앉아서 굽이진 산등성이와 하늘 저편으로 옛일을 떠올리며 우주의 신비를 만나고 무심(無心)과 지족(知足)을 맛보는 공간이 되기도 한다.

　나의 고향 집 바깥채에도 아주 작은 툇마루가 딸려 있다. 그래서 가끔 고향을 찾아갈 때면 사람들 틈에서 슬며시 빠져나와 혼자서 툇마루에 앉아 옛일을 회상하곤 한다. 이 툇마루는 나의 유년 시절에 지어진 행랑채의 바깥쪽으로 내어 만든 작은 마루다. 처음부터 보잘것없이 만들어진 데에다가 반세기 넘도록 풍우설한을 견디어 왔으니 지금은 퇴락할 대로 퇴락해 있다. 이유는 알 수 없지만, 선친께서는 툇마루 위의 행랑채 벽에다 혁필로 백인당(百忍堂)이라는 이름을 써 넣으셨다. 지금은 거의 지워져 버렸지만, 마음 심(心)의 한 획이 남아서 희미하게나마 옛날을 상기시켜 주고 있다. 어쩌면 그 한 획이 끝까지 참고 견디는 것은 결국 마음의 문제임을 보여주고 있다는 생각을 부질없이 해 보기도 한다. 나는 어린 시절에 이 툇마루에 걸터앉아서 마을 어른들로부터 우리 가문의 파조(派祖) 어른께서 정승을 여섯 번이나 지냈다는 전설적 이야기를 전해 들었다. 그리고 뜻도 모르면서 그분의 중화(中和) 사상과 그에 얽힌 일화(逸話)를 수없이 들어야 했다. 그때 나는 중화의 의미를, 매사에 너무 모나게 나서지 말고 싸움에 지는 게 이기는 방법이라고 어렴풋이 이해하였다.

　우리는 하루하루 쫓기듯 바쁘게 살면서 자신을 제대로 바라보지 못하고 산다. 그런 우리에게 툇마루는 삶의 지혜를 제공해 주어 자기도 모르는 사이에 '퇴(退)'의 의미를 조금씩 깨닫게 해 준다. 중심으로부터 한 발 물러서서 스스로를 바라보는 게 겸허한 마음으로 자신을 성찰할 수 있는 가장 좋은 방법임을 가르쳐 준다. 이처럼 인생을 살아가면서 나서야 할 때와 물러서야 할 때를 은근하게 암시해 주는 곳이 툇마루다. 그뿐 아니라 고향 집의 툇마루는 어린 시절 엄마의 품처럼 한없는 사랑으로 지친 삶을 위로해 주기도 한다.

힘겹고 외로울 때 부담 없이 찾아가서 위안을 얻을 수 있는 고향 집 툇마루가 있는 사람은 행복하다. 사전에 미리 허락을 받지 않아도 되고 옷차림에 신경을 쓰지 않아도 되고 언제나 가슴속에 사무치는 그리움을 안고 가는 곳이기 때문이다. 무엇보다도 고향 집 툇마루는 격식 없이 앉아서 가슴 가득 안고 간 고민을 훌훌 털어버리고 새로운 마음으로 가볍게 일어서서 떠나 올 수 있는 곳이다. 그곳이 무분별한 도시화와 산업화가 비껴간 한적한 시골 마을이라면 더욱 정겹고 아름답다. 잊고 지내던 희미한 기억 속의 옛일들을 은밀히 끄집어내어 음미하며, 탁 트인 공간으로 쏟아지는 햇살과 자유로이 드나드는 바람을 그저 바라보고 느끼는 것만으로도 따뜻하고 편안하다.

살아오면서 옛날의 순수함을 하나 둘씩 잃어 왔지만, 나는 청아한 고향 마을에서 유년 시절을 보내며 몸과 마음을 다스리고 생각의 씨앗을 싹틔울 수 있었던 행운을 지금까지도 누리고 산다. 동골동 골짜기 위로 아침 해가 떠오를 때면 우리 조무래기들은 바깥마당에 나와 서서 기지개를 켰다. 엄마가 몽당비로 깨끗하게 쓸어 놓은 봉당과 안마당 위로 밝은 달빛이 스르르 내려앉는 밤이 되면 이 툇마루에 나와 앉아서 앞산 나뭇가지 위로 쏟아지는 별빛을 바라보며 상상의 나래를 펴곤 했었다. 그땐 라디오와 텔레비전이 없었고, 전기와 수도도 없었다. 그래도 우리들이 무조건 떼쓰고 매달릴 수 있는 '울엄마'들이 곁에 있어서 매우 든든했었다.

거칠고 야박한 인생의 격랑을 뒤로 하고 다시 또 어린 시절의 툇마루를 찾는다. 오랫동안 고향의 땅을 지키고 살던 사람들이 지금은 참 많이도 고향을 떠나갔다. 돌이켜 보면, 어두운 시대와 가파른 인생사를 모두 견뎌 내고 끈질긴 삶을 살아 온 그들의 발자취에서 질박한 향기가 난다. 애잔한 바람결에 실려 지나가는, 고단했던 삶의 흔적들 곁에서 숙연한 마음으로 툇마루에 앉아 또다시 밤하늘을 우러른다. 별빛도 달빛도 옛날의 신비로움보다는 오히려 쓸쓸함으로 다가와 나는 무량한 그리움에 젖어든다.

까치내의 추억

　까치내는 팔결에서 흘러 내려오는 금강의 지류 미호천과 청주 시내에서 북서쪽으로 흐르는 무심천이 만나는 합수머리다. 근처에서 물줄기가 가장 크고 주변에 넓은 벌판이 펼쳐져 아름다운 풍광을 자랑하고 있다. 오래 전부터 학생들의 소풍지로 인기 있던 곳이어서 많은 시민들이 학창 시절의 추억과 낭만을 묻어둔 곳이기도 하다. 지금은 접근성이 좋아져서 주민들이 휴식도 하고 운동도 즐기는 장소가 되었지만, 얼마 전까지만 해도 이곳으로 오는 것은 녹록한 일이 아니었다. 자동차도로가 나기 전에는 무심천변의 오솔길을 따라 한나절을 걸어야만 겨우 도달할 수 있는 거리라서 큰마음을 먹지 않으면 쉽게 다가갈 수 없는 곳이기도 했다. 그래서 예전의 어린이들에게는 말로만 듣고 가기 힘든 곳으로 인식되어 막연히 동경만 하던 곳이다.

　나는 물줄기라곤 우기에만 잠깐 흐르다 말라버리는 실개천이 전부인 산골 마을에서 자랐다. 그래서 제법 수량이 많은 냇물을 생각만 해도 언제나 가슴이 설레있다. 때로는 신선이 사는 무릉도원을 상상하며 동경하기도 했다. 어린 시절에 청주로 유학을 와서는 그때까지 내가 가까이에서 본 가장 큰 물줄기인 무심천을 따라 올라가면 무엇을 만날 수 있을까 궁금했다. 그러나 그때는 중학교 입시 경쟁이 치열하여 모든 어린이들이 새벽부터 밤까지 교과서를 달달 외워야 했기 때문에 한눈을 팔수 없었다. 그러던 어느 일요일, 담임 선생님께서 과제를 다 외운 학생들을 일찍 집에 보내 주는 바람에 드디어 교실로부터 탈출할 기회가 찾아왔다. 이곳 지리에 어두운 나는 몇몇 친구들을 꼬드겨 무심천 서쪽 둑위로 난 오솔길을 따라 북서쪽으로 올라갔다. 그것이 그해 시골뜨기인나의 첫 번째이자 유일한 외출이었다. 한나절 걸어서 도착하여 해질 무렵 주린 배를 움켜쥐고 겨우 돌아왔던 그곳이 바로 까치내다. 허둥지둥다녀오느라고 언뜻 보고 만 곳이지만, 말로만 듣던 넓은 하천 까치내의물결은 산골짜기에서 자란 시골뜨기에게 큰 감동을 준 경이로운 세상이었다.

그로부터 몇 년이 흐른 뒤 고교 졸업반이 되었을 때다. 당시에는 학교에서 교련 과목을 가르칠 때여서 일 년에 한 번 교외로 행군하는 날이 있었다. 소풍을 대신하는 행사였고 우리는 그것을 원탑 교실로부터의 탈출이라고 표현했다. 교련복을 입은 우리는 무거운 소총을 메고 땀을 뻘뻘 흘리며 내수동 고개를 넘어 내려와서 무심천변을 따라 행군을했다. 대입 준비 핑계로 음악 미술 시간에 영어 수학 자율학습을 시키던시절이었으니 행군이 힘겨워도 우리는 마냥 행복하기만 했다. 일사불란한 행군의 대열도 잘 훈련된 특수부대 못지않았던 것으로 기억된다. 점심때쯤 도착하여 수백 명이 함께 뒹굴며 각개전투와 총검술 훈련 끝에기마전으로 마무리하고 김밥을 까먹던 고교 시절의 추억이 서려 있는 곳이 까치내다.

유년 시절에는 아무 생각 없이 다녀왔지만, 고교 시절에는 그래도 머리가 굵어졌다고 까치내라는 이름의 유래에 주목했다. 하천의 이름이 날짐승 까치와 무슨 관련이 있을까 궁금했다. 그때 까치내 주변 마을에 살던 친구들에게 들은 이야기가 까치내의 전설이다. 까치내의 한자 지명은 작천(鵲川)이다. 이는 까치를 조류인 날짐승 까치로 해석한 결과다. 옛날 이곳에 있던 외딴 주막의 주모가 과거 길에 갑자기 몸져누운 서생을 구하기 위해 약으로 쓰려고 하얀 까치를 생포했다고 한다. 바로 그때 서생과 원한 관계에 있던 호랑이가 나타나 이를 방해하자 한 포수가 호랑이를 죽이고 서생의 목숨을 구해 주어 장원급제를 하게 되었다고 한다. 그때부터 이곳을 까치내[鵲川]라고 불렀다는 이야기다. 주민들의 증언에 의하면 실제로 이곳은 까치들이 자주 모여드는 곳이라고 한다.

대학에서 국어학을 전공하면서부터는 까치내에 얽힌 전설이 지명의 유래를 설명하기에는 근거가 박약하고 비논리적이라는 생각을 하게 되었다. 그래서 까치내를 '아치내'의 변형으로 해석해 보기도 하고 '가지내'의 변형으로 해석해 보기도 했다. 전자는 작은 내를 뜻하는 '아치내'가 음상이 비슷한 까치내로 변했다고 보는 것이다. 중세국어 문헌의 '아춘'이나 '아즈-'가 작나는 의미로 짐작되기에 이런 추정이 가능하지만, 음운변화 과정을 설명해 내기가 쉽지 않고 실제 까치내의 규모가 작은 물줄기가 아니라서 설득력이 떨어진다. 후자는 까치내의 '까치'를 <삼국사기>에 나오는 백제어 지명 '가지내(加知奈)'의 '가지'와 같은 의미로 해석한 것이다. 이때의 '가지내'는 '지천(枝川)'을 뜻한다. 합수머리인 이 지역을 중심으로 해서 물줄기가 갈라진 형상이므로 생긴 어형이다. 이를 확인하기 위해 주변의 높은 산으로 올라가 보았더니 실제로 합수머리인 까치내에서 오창 쪽과 청주 쪽으로 갈라진 모양이 확연히 드러났다. 그때가 바로 이곳 까치내에 관한 지명 명명(命名)의 유연성(有緣性)과 조상들의 슬기를 확인하는 순간이었다. 그래서 지금은 까치내를 '가지내'의 변형으로 믿고 있다.

나는 지금도 종종 까치내에 가곤 한다. 학창 시절과 달리 여유로운 마음으로 떠나는 나의 까치내행은 언제나 무한한 행복감을 가져다 준다. 자전거를 타고 새벽을 가르노라면 시골뜨기 어린이의 황홀한 첫 나들이 기억이 아련히 떠올라 미소를 머금게 된다. 추억에 잠긴 채 작천보 물결 앞에 서서 옛일을 회상하노라면, 또 누군가 흘러가는 저 물결 속에 나처럼 추억을 묻어두고 있을 거라는 생각이 든다. 때로 소슬바람에 서걱거리는 갈대밭이 가슴속을 뒤흔들어 놓을 때면, 애잔한 그리움이 사무쳐 한없이 추억 속으로 빠져들게 된다. 까치내는 그곳을 찾는 모든 사람들이 학창 시절 추억의 반추로 동질화되는 곳이다. 그래서 우리에게 더욱 정겨운 곳이다.

무심천의 옛 추억

　어느 지역이든 그곳을 대표하는 명소가 있다. 우리 지역의 상징물로는 단연 무심천(無心川)이 꼽힌다. 외지에서 출신 지역을 소개할 때 가장 많이 듣게 되는 말이 '아, 무심천 있는 곳'이다. 그리고 그 '무심(無心)'이 주는 정서적 의미로 인하여 덩달아 우아해지는 것 같을 때가 종종 있다. 많은 사람들은 상상력을 동원하여 '무심'의 뜻을 헤아린다. 주로 가슴 아픈 이의 한숨 섞인 하소연에도 아랑곳하지 않고 그저 말없이 흘러가는 냇물이라고들 말한다.

　무심천의 어원을 옛 이야기에 기대어 추정하기도 한다. 다섯 살짜리 아들을 잃은 슬픔으로 속세를 떠나 스님이 된 여인의 애달픈 사연도 모르는 체하며 무심히 흘러가는 물이라는 해석이다. 최근에는 세계 최고의 문화유산 '직지(直指)'에 나오는 '무심(無心)'과 관련된 불교문화의 영향으로 보기도 한다. 기록에 의하면, 무심천은 심천(沁川), 석교천(石橋川), 대교천(大橋川) 등으로 불리다가 나중에 붙여진 이름이다. 어쨌든 나에게는 추억을 간직한 채 언제나 그저 내 곁을 말없이 흘러가는 정겨운 냇물이다.

무심천은 청주 지역의 동남쪽 골짜기에서 발원하여 남에서 북으로 도심을 가로지르며 흐른다. 월운천, 미평천, 영운천, 명암천, 율량천의 다섯 개 지천이 합류하지만, 그리 큰 물줄기가 아니다. 더욱이 옛날에는 하천 바닥이 인근 평야 지대보다 높아서 범람이 잦았고, 홍수와 도시계획에 의하여 물길이 변경되기도 했다. 그래서 시민들은 오래 전부터 수량이 늘어나고 나룻배라도 지나다니는 규모의 강이 되기를 소망해 왔다. 수십 년 동안 선거 때마다, 지금은 대청호에 묻혀 버린 오가리의 물을 끌어들이겠다는 공약을 들어 왔으니 그런 꿈을 가질 만도 했다. 그러나 지금까지도 무심천에는 배가 뜨지 않는다.

어린 시절 희미한 기억에 의하면, 무심천은 물이 맑고 깨끗했다. 물가의 아낙들 빨래터엔 넓적한 바위들이 곳곳에 놓여 있었고, 물속의 모래알 위로는 산천어들이 떼 지어 거슬러 올라가는 모습이 훤히 들여다보이는 곳이었다. 밤이면 동네 젊은이들이 모여들어 횃불을 밝혀 들고 물고기를 잡아서 날것으로 먹었다. 사람들은 이를 보고 밤고기를 잡는다고 했다. 전깃불이 드물어서 사방이 캄캄하던 시절에 횃불을 환하게 밝혀 들고 군데군데 무리를 지어 물고기를 모는 모습은 그야말로 장관이었다.

당시에는 각 가정에 욕실이 거의 없었고 대중목욕탕도 두어 군데밖에 없었다. 그래서 여름밤이면 시민들이 무심천에 나와 미역을 감으며 더위를 식히곤 했다. 번거롭고 불편하기도 했지만, 그 시절의 낭만이었고 산들바람과 물소리의 시원함이 어우러진 정경은 가히 일품이었다. 누가 시킨 일도 아니고 규제도 없었지만, 이곳에서 미역을 감는 데는 시민들 나름의 배려와 질서가 엄격히 지켜졌다. 비교적 물이 맑은 상류 구역인 꽃다리 근처는 여탕으로 내어주고 그보다 하류인 모충교 부근은 남탕으로 사용하는 일이 자연스럽게 이루어졌다.

우리 지역은 교육열이 높고 인구 대비 학생 수가 많은 곳이라서 예로부터 교육 도시로 불려 왔다. 거리에는 교복 차림의 학생들이 가장 많이 눈에 띄었고, 대다수가 걸어서 다니던 시절이었으니 무심천을 건너던 학창 시절의 추억이 없을 리 없다. 그 시절 무심천을 중심으로 하여 동서를 오가는 주된 수단은 서문다리였다. 그러나 서문다리는 한참을 돌아서 가는 길이었고, 지금의 청주대교는 기차가 지나는 철다리여서 학생들은 무심천 돌다리를 건너 지름길로 다녔다. 맑은 날에는 국어 시간에 배운 소설 '소나기' 속의 소녀가 금방이라도 나타나 물장난을 걸어오는 상상을 수없이 반복하면서 개울을 건넜다. 물이 불어 무릎까지 차오르는 장마철에는 지각할까봐 동동거리는 중학생들을 등에 업고 물을 건네주던 고등학생 형들의 듬직한 사랑과 넉넉함이 있던 곳이 무심천 돌다리다.

겨울방학이 시작될 무렵이면 스케이트장을 만들기 위해서 무심천의 한 구역에 물을 가두기 시작했다. 스케이트장은 주로 청주대교 밑이나 모충다리 밑에 만들어졌던 걸로 기억된다. 물이 어느 정도 얼면 앰프가 설치되어 대중음악이 흘러나오고 주변에 포장마차가 등장하여 주전부리할 수 있도록 따끈한 국물과 군음식을 차려놓았다. 거기에는 졸졸호떡과 추억의 참새구이도 있었다. 겨울이면 거의 모든 청소년들이 이곳으로 모여들었다. 그래서 학생들은 하루 빨리 물이 꽁꽁 얼기를 손꼽아

기다리며 돌다리를 건너곤 했다.

지금도 무심천은 변함없이 흐른다. 그러나 동쪽 둔치에는 자동차도로가 나 있고 서쪽에는 산책로와 자전거도로가 나 있어 옛날의 모습을 찾아보기 어렵다. 교통량이 많던 서문다리는 차량이 통제된 지 오래 되었고 추억의 돌다리는 세월교라는 시멘트 다리로 바뀌었다. 세월이 흐르면서 인간의 편리와 능률에 따라 변해 버렸다. 횃불 대신 형형색색의 전광판 불빛이 되비쳐 나오고, 바람소리 물소리 대신 스피커에 음악 소리가 흐른다. 그래도 군데군데 곡선을 그리며 흐르는 물줄기가 여전히 남아 있고 그 주변으로 갈대밭이 잘 보존되어 무심천의 옛 정취를 전해 주고 있다.

어암(漁岩)의 농막

어암(漁岩)의 인봉(印峰)은 옥화구경(玉花九景)의 끝자락에 있는 아름다운 청정 마을이다. 배산임수(背山臨水)의 지형을 갖추고 있으면서 나지막한 산들이 병풍처럼 둘러싸고 있어 언제 보아도 포근하고 정겹다. 마을의 맞은편인 동남쪽으로는 신라시대의 학자 고운(孤雲) 최치원(崔致遠) 선생이 머물면서 공부했다는 신선봉(神仙峰)이 우뚝 솟아 장엄한 위용을 드러내며 든든하게 버티고 서 있다. 그리고 달천(達川)의 맑은 물이 마을의 입구부터 끝자락까지 감싸면서 박대소로 회돌아 흘러가고 있어 물소리가 사계절 내내 끊이지 않고 들려온다. 마을의 앞내 달천은 청천의 뒤뜰과 괴강을 지나 남한강과 한강을 거쳐 서해바다로 흘러들어 가는 물길이다.

이곳 자연마을의 이름인 인봉은 마을의 북서쪽으로 잇닿아 있는 뒷산의 모양이 마치 도장(圖章)과 흡사하기 때문에 생긴 이름이며 마을 사람들은 언젠가 이 마을에서 도장으로 큰일을 결재할 인물이 날 것이라고 믿어 왔다고 한다. 그러나 아마도 이 마을의 이름은 사방이 산으로 둘러싸여 있어서 포근하고 아늑한 지역의 이름에 흔히 나타나는 도장과 관련이 있지 않을까 추정된다. 대부분의 지명에 나타나는 도장은 예로부터 부녀자가 거처하는 규방이나 안방을 뜻하는 말이기 때문이다.

나는 주말부부로 사는 동안 이 마을의 끝에 있는 작은 묵정밭에 농막을 하나 지어 놓고 종종 찾아오곤 했었다. 지금도 이곳에 오면 일상의 모든 번다함을 벗어버린 듯 마음이 평안해진다. 특히 혼자서 조용히 지새는 밤은 나를 깊은 사색 속으로 빠져들게 하여 어지러이 살아 온 날들을 참회하고 앞날을 위해 새롭게 기도하는 마음을 갖게 하기도 한다. 아울러 물가의 묵정밭은 가뭄 속에서도 생명소인 새벽안개를 넉넉히 받아들여 초목을 자라게 함으로써 철 따라 반드시 꽃이 피고 지는 자연의 섭리를 가르쳐 준다. 그래서 이른 봄 잔설 틈새로 조심스레 고개를 내미는 꽃눈을 대하면 가슴 졸이는 외경의 마음으로 생명 탄생의 신비마저 느끼게 된다. 어쩌면 이곳은 신앙심 없이 살아가는 내가 힘들고 지쳤을 때 종교적 신성성을 느끼며 다가가는 곳인지도 모른다.

이곳은 내가 어두운 밤에 눈을 감고서도 무슨 나무가 어디에 어떻게 자라고 있고 언제 어떤 꽃들이 어떻게 피어나게 되는지 너무도 잘 알고 있는 곳이다. 가족들이 서울로 옮겨가고 나 혼자 남아서 시름을 달래던 곳이기 때문이기도 하고, 청주(淸州)에서 강의를 마치고 이곳에 오면 늘 밤이 되었으니 자연히 캄캄한 어암의 밤에 익숙해질 수밖에 없었기 때문이다. 게다가 틈틈이 작은 비닐 봉투에 담아 와서 심어 놓은 나무들이 내 키보다 훨씬 더 높이 자라도록 세월이 흘렀으니 나의 숨결 한 조각 한 조각도 이곳에서 자라온 셈이다. 더구나 학술지나 신문에 투고할 준비를 할 때면 거칠게 작성한 초고를 들고 와 이 농막에서 퇴고하여 마무리하였으니 더더욱 그런 느낌이 든다.

때때로 반딧불이 어지러이 날던 청정한 밤이면 농막에서 텃밭으로 나와 어둠 속에서 꽃잎을 쓰다듬고 향기를 맡으며 헤아릴 수 없이 많은 밤을 보냈다. 그래서 나는 어둠 속에서도 신선봉의 위치와 모습을 그려 볼 수 있고, 박대소로 흘러 들어가는 앞내의 물소리만 듣고서도 그곳의 수량이나 유속을 짐작할 수 있게 되었다. 이곳에 작은 묵정밭을 마련하여 무슨 꽃나무든지 닥치는 대로 얻어서 심어 놓고 꽃눈이 틔는 모습에 감격스러워한 지도 적지 않은 세월이 흘렀다. 세월의 흐름에 따라 지난날 강파르던 나의 삶에도 이제는 다소의 여유가 찾아와 가끔 어린 외손주들의 손을 잡고 한가로이 물가를 따라 거닐기도 한다. 그리고 종종 찾아오는 아들 내외와 함께 꽃들에게 물을 주면서 어린 손녀딸이 어서 자라 꽃밭 옆 잔디밭에서 아장아장 걸어 다니기를 바라며 잡초를 뽑아내기도 한다. 아들아이와 런던 대학교 대학원 동문인 며늘아기가 서툰 솜씨로 잡초를 뽑겠다고 소매를 걷고 나설 때면 재미있기도 하고 행복하기도 했다.

몇 해 전에는 독일로 출가한 딸아이를 찾아갔다가 아내와 함께 암스테르담 꽃시장에 들러 백합과의 알뿌리 식물들을 한 아름 사다가 묵정밭 입구에 심었다. 그랬더니 그 이듬해 봄에 튤립과 히아신스가 아주 예쁘게 피어나서 이곳을 지나는 사람들에게 기쁨을 주기도 했었다. 이웃 아낙에게서 얻어다 심은 모란이 활짝 피어 튤립과 함께 어우러질 때면 나 또한 무한한 행복감에 젖어들곤 했었다. 해마다 봄이 오면 새벽이슬 함초롬히 머금은 꽃나무 옆에 서서 앞내의 물소리를 들으며 새 생명 탄생의 경이로움을 지켜보고 내 주변 세상의 모든 존재를 그리움으로 떠올리는 일이 그 시절 어암 농막의 일상이었다.

소중한 인연

조그만 풀밭에 몇 그루의 꽃나무와 몇 포기의 채소를 가꾸는 곳이지만 나의 텃밭에도 제법 녹음이 우거져 언제나 산새가 날아든다. 그래서 농막의 하루는 새벽마다 제일 먼저 찾아드는 산새의 노랫소리를 들으며 시작된다.

어느 해인가 내가 해외에 머무는 바람에 일 년 동안 묵혀 두었던 텃밭의 잡초가 내 키보다도 더 크게 자란 적이 있었다. 겨우 비집고 농막 입구로 들어가서 주변을 정리하려다가 나 혼자의 힘으로는 할 수 없는 일이라서 포기하고 남의 손을 빌려 주변을 정화하기로 마음먹었다.

인부에게 일을 맡겨 잡풀을 헤쳐 제거하려는데 갑자기 산새 한 마리가 푸드득 날았다. 다가가 보니 내가 심어 놓은 박태기나무 속에 둥지를 틀고 세 개의 알을 낳아서 품고 있던 산새였다. 어미 새가 모성애와 보호 본능으로 멀리 날아가지도 못하고 울부짖으면서 둥지 주변을 맴도는 안타까운 모습에 적잖이 걱정되었다. 하필이면 농막을 드나드는 길목에다 둥지를 튼 것이다.

인부에게 약간의 웃돈을 얹어주면서 알을 품고 있는 산새가 놀라지 않도록 새 둥지 주변 접근을 피해 가면서 일을 해 달라고 단단히 일러두었다. 나도 역시 새 둥지에서 먼 곳으로 돌아서 다니기 위해 울타리 삼아 심어 놓은 쥐똥나무를 헤집어 개구멍을 내고 그곳으로 드나들었다. 그러나 안타깝게도 휴일 동안에 마무리하려던 일을 계획한 대로 끝내지 못하여 월요일까지 작업을 해야 했다. 오전 강의가 있어서 하는 수 없이 인부에게 모든 걸 맡기고 출근했다. 마음 착하고 우직한 인부가 듬직해 보여서 마음이 놓이기도 했지만 새 둥지가 걱정되어 품삯을 모두 미리 지불하면서 산새가 놀라지 않도록 조심해 달라고 몇 번이나 거듭하여 당부했다.

　며칠 후 시간을 내어 텃밭으로 달려가 보니 농막 주변이 깨끗이 치워져 있었고 제법 전원주택과 같은 느낌이 들어 갑자기 부자가 된 것 같았다. 흡족한 마음으로 잠시 숨을 돌리고 나서 멀리서 조심조심 박태기나무 속 둥지를 살펴보았다. 그런데 이게 웬일인가. 인부에게 그토록 간절히 부탁했건만 새 둥지 주변에 폐기물을 내동댕이친 흔적이 눈에 띄었고 둥지 주변을 맴돌던 어미 산새도 그곳에 없었다. 박태기나무 곁으로 다가가 보니 세 개의 하얀 산새알들이 서로 부둥켜안고 떨고 있었다. 혹시 어미 새가 다시 다가올지도 몰라서 한동안 다가가지 않았다. 그러나 다음 날에도 어미 새는 오지 않았다. 결국 나의 주변 정화 작업 때문에 산새알은 꿈을 이루지 못하고 창공을 날지 못하는 불행한 운명이 된 것이다. 고요하게 흐르는 앞내의 물결 위로 북두성이 내려앉던 밤, 산새 둥지 머리맡에 드리워져 있던 복사꽃 몇 송이 꺾어서 살며시 아기 산새의 불쌍한 영혼을 덮어 주었다.

한 해가 가고 또 봄이 찾아왔다. 농막 앞의 오가피나무 숲속에 여러 마리의 어미 새가 둥지를 틀었다. 그런데 하필이면 또 한 마리의 산새가 수돗가의 보온 덮개에 둥지를 틀고 알을 품고 있었다. 내가 가장 자주 드나드는 곳이라서 여간 불편한 게 아니었다. 다가갈 때마다 지난해의 아픔이 떠올랐고 불안한 날갯짓으로 둥지 주위를 맴돌며 우짖는 어미 새를 숨죽이며 바라보는 수밖에 없었다. 그러던 중 어느 칠흑같이 어둡고 고요한 밤에 나는 용기를 내어 어미 새를 사로잡을 계획을 세웠다. 어린 시절 플래시 불빛으로 초가집 처마에 깃든 새를 뒤지던 실력으로 어미 새를 움켜쥐고 나의 오두막으로 오는 데 성공했다. 덩치도 자그마한 것이 예쁘게 생긴 자태에 황갈색 띠를 목에 두른 이름 모를 산새였다. 두려움에 떠는 녀석의 머리를 쓰다듬으며 너를 도우려는 것이니 아무것도 걱정하지 말라고 속삭인 후 다시 둥지로 보내 주었다. 다음 날도 또 그 다음 날에도 산새의 둥지를 방문하여 똑같은 일을 반복했다.

산새와의 만남이 쌓여 가면서 기적과 같은 일이 일어났다. 거친 발걸음 소리를 내며 수돗가로 다가가거나 큰 소리를 내어도 산새는 날아가지 않았다. 저를 해치지 않고 보살펴 주고 있다는 걸 알고 있다는 듯이 오히려 친근하고 다정한 눈빛으로 알을 품고 있었다. 어느 따뜻한 봄날, 다섯 마리의 아기 산새가 나뭇가지 틈새로 세이드는 햇빛에 시린 눈을 비비며 어미를 기다리는 모습이 눈에 띄었다. 생명 탄생의 신비와 경이로움이 느껴졌고 하루가 다르게 무럭무럭 자라는 아기 산새들의 모습이 대견스러웠다. 제법 머리가 굵어가며 황갈색 깃털이 송송 돋아나는 여린 목덜미들을 바라보면서 아기 산새들이 내 오두막 위의 장공으로 힘차게 비상하는 모습을 그려보며 행복감에 흠뻑 취하곤 했었다. 비록 지난해 박태기나무 속의 둥지에서 어린 생명을 잃게 한 죄업(罪業)의 대가로는 부족하지만 나의 속죄(贖罪)는 그렇게 이루어졌다. 아기 산새들이 둥지를 떠나게 될 즈음 기념 촬영을 하여 오래도록 간직하고픈 마음에 디지털 카메라를 들고 둥지를 찾았다. 그러나 아기 산새들이 이미 떠나 버린 후였고 나뭇가지 사이로 들여다본 둥지는 텅 비어 있었다. 아기 산새들이 떠난 둥지 속에는 정교하게 엮어진 한 올 한 올마다 어미 새의 사랑이 깃들어 있었고, 아기 산새의 온기가 채 가시지 않은 깃털 몇 개만이 귀엽게 하늘거리고 있었다.

추억의 앨턴베이커 공원

나는 국외연수 기간 중 미국 오리건 대학교(U of O)의 방문교수로 초빙되어 일 년 동안 유진(Eugene)의 체이스 빌리지(Chase Village)에 머문 적이 있다. 그곳은 커다란 나무들 사이로 나지막한 이층집들이 나란히 늘어서 있고 길가에는 개인이 주차를 비롯하여 다용도로 사용할 수 있는 차고 건물들이 잘 정돈되어 있는 아름답고 쾌적한 마을이었다. 제법 널찍한 잔디밭이 군데군데 자리 잡고 있어서 일광욕을 즐길 수도 있고 수영장과 헬스장에서 운동도 하며 피크닉 공간을 효율적으로 활용할 수 있는 곳이었다. 그때 나의 연구실은 오리건 대학교의 중앙도서관인 나이트 도서관(Knight Library) 이층에 있었고 우리 집에서 그리 멀지 않은 곳이었으므로 자주 걸어서 연구실로 가곤 했다. 숲속의 오솔길을 혼자 걸어가다가 멈추어 서서 강물 흘러가는 소리를 듣는 즐거움 때문이었다.

집에서 나와 횡단보도를 건너서 조금만 더 걸으면 주변에서 가장 큰 건물인 웅장한 오트젠 스타디움(Autzen Stadium)을 마주치게 된다. 이 건물은 지역에서 가장 큰 행사 중의 하나인 미식축구 경기를 비롯하여 각종 육상경기가 자주 열리는 유명한 경기장이다. 이 경기장을 지나면 좁다란 오솔길을 만나게 되는데 이곳이 바로 앨턴베이커 공원(Alton Baker Park)으로 이어지는 길목이다. 공원을 가로질러 강가로 내려가면 한가로이 흐르는 강물과 그 흐름을 따라서 굽이굽이 펼쳐지는 천연의 절경을 맘껏 즐길 수 있는 자전거 도로가 강변을 따라서 길게 이웃 마을까지 이어진다. 많은 사람들이 이곳에 와서 강의 흐름을 따라 내려가면서 달리기도 하고 자전거를 타면서 즐기기도 한다.

유진의 도심을 가로지르며 흐르는 윌라멧강(Willamette River) 강변에 조성되어 있는 앨턴베이커 공원은 인위적 느낌이 거의 없는 소박하고 아름다운 공원이다. 군데군데 나무껍질을 깔아 놓은 오솔길이 나 있고 편안한 장소에 나무 의자들이 놓여 있을 뿐 별다른 시설이 없는 곳이다. 요란하게 아름답지도 않고 특별한 볼거리가 있는 곳도 아니다. 그저 누구에게나 열린 공간을 제공해 주어서 평온하고 자연스러우며 오솔길을 따라 걷는 사람들에게 편안함을 듬뿍 안겨 주는 곳이다. 오솔길을 걷다가 숲속의 나무 의자에 걸터앉아서 맑은 하늘을 바라보거나 강가로 내려가서 물여울 소리와 바람 소리 들으며 옛 추억을 아련히 떠올려 볼 수 있는 곳이다. 공원의 곳곳에는 소박하고 아름다운 자태의 꽃들이 철철이 자연스럽게 피어나고 연못에서는 수백 마리의 오리와 거위들이 사람을 두려워하지 않고 한가로이 헤엄치며 노니는 모습이 자주 눈에 띈다. 오솔길 양옆의 꽃밭마다 노란색의 수선화를 비롯한 형형색색의 꽃들이 만발하여 오리 떼가 하나 가득 떠다니는 연못과 어우러지는 광경은 이 공원에서 즐길 수 있는 대표적인 볼거리다.

연구실로 가기 위해 공원의 오솔길을 따라 걷다 보면 윌라멧강을 건너는 다리를 만나게 되는데 이 다리를 건너면 곧바로 오리건 대학교 뒷문으로 들어가는 길이 이어진다. 다리 위를 천천히 걷다가 중간쯤에서 발길을 멈추고 뒤돌아서서 바라보는 공원의 숲과 강변의 풍경은 정말 아름답고 낭만적이다. 다리 위를 걷다가 유난히 물여울 소리가 맑고 아름답게 들리던 그곳에 멈추어 서던 기억들이 지금도 애틋하게 나의 감성을 자극하곤 한다. 집과 연구실을 오가기 위해서 공원을 가로지르는 몇 갈래의 오솔길 중 지름길도 있었지만 나는 숲속의 오솔길을 한가롭게 천천히 걷는 즐거움 때문에 일부러 멀리 돌아가는 길로 다녔다. 그 시절 먼 타국 땅에서 아무 때나 편하게 홀로 찾아가서 명상 산책을 즐기던 앨턴베이커 공원은 오랜 친구와 같은 존재였다. 가끔은 통기타를 들고 이곳에 나와서 풀밭에 쓰러져 있는 고목의 둥치에 걸터앉아 어린 시절의 동요를 기억해 내며 옛 생각에 잠기기도 했었다.

　미국 생활을 마치고 유진을 떠나오던 날 우리 가족은 아쉬운 마음을 달래며 앨턴베이커 공원을 한 바퀴 돌아본 후 자동차로 도심 쪽의 강을 건너서 유진 시내가 한눈에 내려다보이는 스키너뷰트 공원(Skinner Butte Park)으로 올라갔다. 그곳에서 유진 시내를 바라보면서 일 년 동안 정든 지인들과의 소중한 인연과 추억을 하나하나 떠올리며 전화를 걸어서 작별 인사를 했다. 이미 직접 만나서 작별 인사를 나눈 분들이지만 헤어지는 게 너무도 아쉽고 섭섭하여 한 분 한 분께 다시 전화를 걸었다. 다시 만날 기약도 없이 떠나는 마음이 너무 아프다며 울먹이는 아내의 전화기에서 일 년 동안 정든 사람을 해마다 떠나보내야만 하는 자기들의 마음이 더 아프다며 울먹이는 목소리가 가냘프게 들려왔다. 언세 이곳에 다시 올 수 있을까 생각하니 지난 일 년의 일들이 주마등처럼 눈앞을 스쳐 지나갔다. 멀리 유진의 도심 너머로 윌라멧강의 여울과 앨턴베이커 파크의 숲이 시나브로 희미해져 가고 있었다.

알래스카 가는 길

무덥던 여름날 미국에서의 국외연수를 마치고 귀국할 준비를 하고 있었다. 우선 살림을 모두 정리하여 승용차와 함께 배편으로 부치고 나서 내가 타던 것보다 조금 더 큰 차를 빌려서 알래스카(Alaska)를 향해 달렸다. 우리 이삿짐을 운반하게 될 배가 두어 달은 지나야 한국에 도착하게 된다기에 알래스카 여행 계획을 세운 것이다. 지구상에서 하루가 가장 늦게 시작된다는 멀고 먼 빙하의 땅으로 여행을 떠난다는 사실이 마음을 설레게 했다. 유진(Eugene)을 출발하기 전부터 아내와 아들아이도 몹시 흥분해 있었다.

태평양 연안을 따라 북쪽으로 차를 몰아 달리면서 바라보는 오리건(Oregon) 해변의 비경은 실로 감동적이었다. 알래스카의 앵커리지(Anchorage)로 가기 위해서 시애틀(Seattle)을 지나고 국경을 넘어서 캐나다 밴쿠버(Vancouver)를 거쳐 다시 국경을 지나 미국 땅 알래스카로 접어들었다. 앵커리지로 가는 도로는 아주 길고 반듯하기 때문에 끝없는 직선으로 펼쳐진 채 맨 앞쪽 끝이 꼭짓점인 삼각형으로 보인다. 이 길에서는 자동차 행렬 외에는 온통 산과 호수만 보일 뿐이다. 감히 사람의 손이 닿을 수 없는 이 길은 자연 그대로를 만끽할 수 있는 이 시대 최고의 길인 셈이다. 그뿐 아니라 워낙 먼 길이라서 식사와 잠깐의 휴식 시간을 제외하고는 줄곧 운전만 했으니 거의 매일 수백 킬로미터 이상을 달린 셈이다.

며칠을 달린 후 캠핑카 행렬 너머로 아름다운 호수들의 가장자리에 빙하가 보이기 시작하며 알래스카의 앵커리지가 가까워지고 있음을 알렸다. 거울처럼 맑은 호수 건너편에 만년설로 뒤덮인 산봉우리들이 하늘과 맞닿아 있었고 호수에 비친 아름다운 풍경이 마치 그림과 같았다. 그 비경에 매료되어 길가에 멈추어 서서 망원경으로 바라보는 디날리(Denali) 국립공원 맥킨리(Mckenly) 봉의 기품과 장엄함은 말로 표현하기 어려울 정도였다.

날이 저물어 가고 허기가 져서 산 중턱에 자리 잡고 있는 오토캠핑장으로 들어서니 곳곳에 모기를 조심하라는 안내판과 모기약 광고판이 눈에 띄어 나를 어리둥절하게 했다. 아닌 게 아니라 조금 더 지대가 높은 곳에 머물던 반바지 차림의 여행자들은 거의가 모기에 물려 피부가 시뻘겋게 부어올라 있었다. 모기 기피제를 잔뜩 뿌린 후 차에서 내렸지만 달려드는 모기떼를 당할 수가 없었다. 겨우 아내와 아들아이의 도움을 받아 간신히 모기장을 치고 재빨리 그 속으로 들어가서 저녁 식사를 준비해야 했었다.

알래스카 여행에서는 자동차 연료와 식료품의 확보가 아주 중요하기 때문에 승용차로는 해결하기 어려운 부분이 있다. 다행스럽게도 나의 여행은 캐나다 캘거리(Calgary)에 살면서 아주 좋은 캠핑카를 가지고 있는 누님 내외의 동행과 지원에 의하여 가능했다. 미리 약속해 놓은 휴게소에서 만난 우리 두 가족은 날이 아직 어두워지지 않기에 조금이라도 시간을 아끼려고 서둘러 달렸다. 그러다가 자정을 넘겼는데도 주변이 대낮처럼 밝았다. 알고 보니 그게 바로 유명한 알래스카의 백야 현상이었다. 뒤늦게 겨우 눈을 붙이고 새벽같이 일어나 또 몇백 킬로를 달려가니 엄청난 빙하가 나타났고 지구 온난화로 인하여 녹아내리는 물이 폭포수처럼 쏟아져 내리고 있었다. 환경 오염의 심각성에 걱정스러운 마음으로 무거운 발길을 돌려야 했다. 우리 일행은 해 질 무렵에 드디어 알래스카의 앵커리지에 도착했다. 가족들을 호텔에서 쉬게 하고 피로를 풀 겸 흑맥주를 파는 카페로 들어갔더니 팔뚝에 시퍼렇게 문신을 새긴 검은 피부의 원주민 몇 명이 환영한다며 술잔을 거칠게 흔들어댔다.

다음 날 아침 일찍 호텔 앞 백사장으로 나가서 동정을 살펴본 후 우리도 현지인들이 하는 대로 반바지 차림으로 바다에 들어가 연어 낚시를 즐겼다. 현지인들은 말할 것도 없고 어린이들도 제법이어서 가끔 제 팔뚝만큼 큰 연어를 낚아 올리기도 했다. 그러나 그곳에서는 인디언 원주민이 아니면 누구도 잡은 연어를 세 마리 이상 가져갈 수 없고 팔아서도 안 되는 엄격한 규율이 지켜지고 있었다. 저녁 무렵에 제법 많은 인파가 몰려들어 북적이는 앵커리지의 모래사장은 바닷물에 반사되는 알래스카의 저녁노을로 붉게 물들었다.

며칠 동안의 주변 여행을 마치고 앵커리지를 떠나올 때는 흔히 꿈의 드라이브 코스로 불리는 알래스카 하이웨이를 달려서 또 국경을 넘었다. 캐나디언 로키(Canadian Rocky)의 구부러지고 경사가 급한 산길을 며칠 동안 달리면서 재스퍼(Jasper)를 지나 밴프(Banff) 국립공원에 이르렀다. 십여 년 전에 우리 가족 네 사람의 첫 해외 여행지로 다녀간 곳이라서 감회가 남달랐다. 다시 보아도 웅장하고 아름다운 곳이다. 나는 지금도 눈 덮인 산봉우리를 머금은 루이스 호수(Lake Louise)의 신비한 물빛을 잊을 수가 없다.

우리 세 식구는 캘거리에서 누님 내외와 헤어져 다시 국경을 넘어 미국으로 들어갔다. 국립공원을 들르고 수영장과 노천 온천에서 휴식을 취하면서 동부를 향해 또 며칠을 달려 미네아폴리스(Minneapolis)에 도착했다. 그곳에서 비행기를 타고 하와이로 가서 며칠을 머물다 일본 하네다 공항을 거쳐 서울로 돌아왔다. 한 달이 훨씬 넘도록 거의 일만 킬로미터에 가까운 거리를 운전하면서 다녀온 알래스카 여행은 내 일생에서 가장 멀고 긴 여행이었다.

귀향길

서울로 이사하여 주말부부로 생활한 지도 벌써 십여 년이 지나 아이들도 각각 제 갈 길을 찾아 새로운 계획을 세웠으니 우리 부부에게는 서울에서 살아야 할 이유가 없어졌다. 그래서 십여 년 정든 삼전도(三田渡) 옛길 따라 석촌호수와 송파(松坡) 나루터에 많은 추억을 남겨놓은 채 귀향길에 오르게 되었다. 자녀 교육을 제일 먼저 생각하자며 아내와 함께 두 아이 손잡고 청주에서 서울로 올라오던 일이 엊그제처럼 생생하기만 한데, 이삿짐을 정리하며 이것저것 살펴보니 우리 가족의 서울 생활은 결코 단순하지 않았고 짧은 세월도 아니었다. 낯선 곳에 집을 마련하는 일부터 주말마다 서울을 오르내려야 하는 일과 아이들 진학 문제까지 모두가 만만한 일이 아니었다. 그러나 운 좋게도 계획한 일들을 모두 마무리하고 서울 생활을 정리하게 되었으니 그 나름대로 흡족했다. 그래도 막상 서울을 떠나 고향으로 돌아가려니 회한(悔恨)의 지난 세월이 파도처럼 밀려와 또 다른 감상(感想)에 빠져들게 했다.

지난날을 돌아보니 우리 가족은 이런저런 이유로 인하여 한 곳에 정착하지 못하고 참으로 여러 번을 옮겨 다니며 살았다. 그래서인지 서울에서 사는 동안에는 한 번밖에 집을 옮기지 않았으므로 서울 생활이 가장 안정적이었던 걸로 느껴졌다. 사실은 서울에 사는 동안에도 미국 오리건 대학교 방문교수로 초청되는 바람에 미국으로 건너가 일 년을 살다 오느라고 두 번이나 짐을 꾸리고 풀었으니 두 번의 이사를 더 한 셈이기는 하였다. 게다가 우리 가족은 아이들이 성장하면서부터 네 식구가 모두 모여 산 기간이 불과 몇 년밖에 되지 않아 항상 아쉬움이 남았었다. 그래서 나는 런던에서 공부하고 있던 딸아이가 미국으로 날아오는 바람에 모처럼 네 식구가 모여앉아 거실의 벽난로를 따뜻하게 피워놓고 도란도란 이야기하며 보냈던 방문교수 시절 제야의 밤을 잊지 못한다. 그날 밤 우리 가족은 한 사람씩 돌아가면서 각자의 소망과 다짐을 이야기하며 한 잔의 와인으로 축배를 들었다. 그리고 새해 첫날인 다음 날 아침 눈길 위로 차를 몰아 포트 엔젤레스(Port Angeles) 항구를 찾아갔다. 멋스러운 항구에서 옛날 캐나다 가족여행의 추억을 회상하며 캐나다 빅토리아로 떠나는 여객선을 향하여 손을 흔들던 우리 가족의 상기된 모습들이 가끔씩 떠오르곤 한다.

세월이 흘러 우리 가정에 또 다른 변화가 찾아왔다. 대학생이 된 아들은 서울에 남아서 학교에 다녀야 했기 때문에 기숙사로 갔고, 독일에 살던 딸아이 내외는 직장 문제로 다시 영국 런던으로 가게 되었고, 우리 내외는 고향으로 다시 돌아가게 되었으니 우리 가족은 또 다시 이산가족이 되고 말았다. 우리 가족이 한 집에서 함께 생활한 날들이 그리 많지 않아 서운하고 아쉬운 데다가 앞으로도 자녀들과 한 집에서 함께 생활한다는 건 거의 불가능한 일일 것이라는 생각에 허전함과 쓸쓸함이 밀려왔다. 지금까지 어려운 환경 속에서 힘들게 살아왔지만, 이제는 어느 정도 여유가 생겨서 더 재미있고 넉넉하게 생활할 수 있는 형편이 되었는데 세월은 무정하고 야속하게 흘러만 가니 안타까울 뿐이었다.

서울 도심을 거의 빠져나와서 길가의 언덕으로 올라가 공터에 차를 세우고 뒤를 돌아다보았다. 멀리 바라보이는 길은 내가 지난 십여 년을 주말마다 바쁘게 오가던 아주 익숙한 길이었고 그저 평범한 길일 뿐 특별한 게 없는 길이었다. 그러나 그날은 서울을 떠나 고향으로 아주 이사를 하는 길이었기 때문이어서인지 특별한 사연을 담고 있는 길처럼 느껴져 잠시 발걸음을 멈추고 언덕 위에 서서 지난날의 소중한 추억들을 떠올려 보았다. 별리(別離)의 정한(情恨)을 가득 안고 흐르는 탄천(炭川)의 물소리와 남한산성 소나무 숲의 스산한 바람소리를 들으면서 멀리 한강(漢江) 건너 허공을 바라보며 상념(想念)에 젖었다. 돌이켜 보면 새로운 세상에 눈을 돌리게 한 십여 년의 서울 생활은 나와 우리 가족에게 적지 않은 영향을 끼쳤다. 무엇보다도 아이들이 학창 시절을 잘 마무리하고 각자 가야 할 길을 찾아 열심히 노력하고자 했던 일들이 큰 결실로 느껴져서 외롭게 결정하여 실행했던 서울행이 뿌듯하게 느껴지기도 했다. 한참 동안 언덕 위에 선 채로 이런저런 생각과 추억을 떠올리며 도심을 바라보고 있었다. 한강 건너편에 주말 산행으로 자주 오르내리던 높고 낮은 산들의 봉우리와 능선이 보이고 그곳에 함께 서 있었던 학창 시절 친구들의 얼굴과 익살스러운 정담이 떠올랐다. 언제 다시 만나서 회포를 풀고 서로의 낯익은 눈물과 웃음을 공유하며 한 잔 술을 나눌 수 있을까 생각하며 발길을 돌렸다. 떠나오는 발걸음은 왠지 무섭기만 했다.

ㄱㄷㄹㅁㅂㅅㅇ
ㅈㅊㅋㅌㅍㅎ
ㅓㅕㅗㅛㅜㅠㅡㅣ

국어 사랑의 길

　국어란 어느 한 나라에서 사용하는 고유의 언어를 뜻하는 말인데 우리나라에서는 국어라고 하면 일반적으로 한국어(Korean language)라는 뜻으로 쓰인다. 국어는 우리나라의 공용어인 우리말과 우리글을 아우르는 개념이며 현재 일상용어로서나 학술용어로서 한국어보다 더 자연스럽게 쓰이고 있다. 그리고 우리 민족이 아주 오래 전부터 사용해 오고 있는 음성언어인 우리말의 표기 수단으로서 15세기에 훈민정음이라는 이름으로 창제된 것이 문자언어인 우리 한글이다. 한글은 오직 하나뿐인 큰 글, 또는 한민족의 글이라는 의미를 담고 있으며 국어의 표기 수단 중에서 가장 아름답고 훌륭한 문자언어다.

　한글은 인류가 고안해 낸 문자 중에서 문자 발달 과정의 마지막 단계에 해당하는 음소문자(音素文字)다. 음소문자란 자음과 모음이 결합하여 만들어 내는 문자이므로 자모문자(字母文字)라고도 한다. 문자론적으로 볼 때 우리 한글과 같은 음소문자는 지구상에 존재하는 가장 훌륭한 문자다. 게다가 한글은 창제자가 세종대왕이라는 사실을 비롯하여 그 창제의 목적과 방법과 시기가 분명하고 뛰어난 과학성과 독창성을 가진 문자로서 세계 어디에서도 유례를 찾아볼 수 없다. 이처럼 자랑스럽고 훌륭한 문자를 국자(國字)로 사용하는 우리 민족은 가히 긍지를 가질 만하다. 우리는 이 소중한 문화유산을 잘 갈고 닦아 길이 후손에 물려주어야 한다.

그러나 한글을 대하는 우리의 현 실태는 어떠한가. 평상시에도 그 소중함과 고마움을 잊고 살면서 한글날마저도 그저 형식적으로 맞이하기 일쑤다. 그리고 일상생활에서는 한글 맞춤법에 어긋나는 표기와 비문(非文)을 숱하게 사용하면서도 부끄러움을 모르고 지나치는 경우가 많다. 영어 단어의 철자 하나를 틀리는 것은 부끄럽게 여기면서 한글을 바르게 적지 못하는 것에는 너무도 너그럽다. 국어 전공자도 아닌데 뜻만 통하면 그만이라는 생각에서일 것이다. 물론, 한국인이라면 누구나 우리말을 할 수 있고 우리글을 쓸 수 있다. 그러나 이왕이면 더 좋은 말과 글로 세련되고 아름답게 표현함으로써 글 쓰는 이 자신은 물론 국어의 품격을 높여야 한다. 이것이 국어 사랑의 첫걸음이다.

우리나라는 훈민정음이 창제되기 이전까지 글자가 없었으므로 중국의 한자·한문을 받아들여 우리말을 표기해 왔다. 이것이 국어 어휘에 많은 한자·한문이 스며들게 된 이유다. 그래서 국어 어휘는 고유어와 한자어와 외래어의 3중 체계로 이루어졌고 그 중 한자어의 비중이 가장 높다. 이런 까닭에 국어 사랑의 일환으로 한자를 무조건 몰아내야 한다는 주장은 재고되어야 한다. 한국인으로서 가능한 최대로 한글을 사용해야 하는 것은 당연하다. 그러나 다양한 표현의 제약과 의사소통의 비효율성까지 감수하면서 한자를 쓰지 말아야 할 이유는 없다. 한자는 국어와 역사적으로 밀접한 관련을 맺어 왔고 지금까지 관습적으로 국어의 일부를 표기해 오고 있는 문자다. 더욱이 한자를 통하여 국어의 이해력과 사고력과 기억력을 높일 수 있음은 주지의 사실이다. 국어 단어 형성에서의 강한 조어력과 어휘력 신장 등 한자의 강점을 잘 활용해 가면서 국어의 발전을 모색하는 것이 바람직하다.

국어의 발전을 위해서는 국어 속의 한자 어휘를 고유어로 순화 대체하여 정착시켜 나가는 노력 또한 매우 필요하다. 국어에서 고유어는 한글로 표기되기 때문에 고유어의 증대는 한글 사용의 확대로 이어질 것이다. 국어 어휘에서 많은 고유어들이 한자어로 대체되면서 차츰 사라져 간 역사적 사실로 보면, 고유어를 되살리는 일은 얼마든지 가능한 일이다. 우리는 주변에서 한자 지명을 언어학적으로 분석하여 그 속에 숨어 있는 고유어 어휘를 재구해 낸 예를 얼마든지 찾아볼 수 있다. 이러한 작업이 가능하려면 우선 한자를 알아야 한다. 한자의 활용은 국어를 더 깊이 이해하여 연구하고 우리말을 효과적으로 표현하기 위한 방법 중의 하나다. 다행히 최근 들어 한자 교육에 대한 관심이 점차 고조되어 가고 있다.

오늘날 국어 한자어의 순화보다 더 시급한 문제는 밀려오는 서구 외래어의 오염으로부터 국어를 보호하는 일이다. 특히, 사이버 세계에서는 정체불명의 문자들이 나타나 표현의 저속화와 세대 간 의사소통의 단절을 야기하고 있고 그것은 매우 빠르게 일상 속으로 파고들고 있다. 국제화 시대에 나타나는 다양한 언어문화의 흐름이야 어쩔 수 없다 하더라도 최소한 한글 파괴에 무방비 상태로 있어서는 안 된다. 지금은 외국어의 무분별한 수용을 억제하고 외래어를 국어로 순화하는 활동을 보다 더 적극적으로 전개해야 할 시점이다.

요즈음 어디를 가도 국어를 사랑하고 한글을 갈고 닦자는 내용을 내걸고 있는 곳은 찾아보기 힘들다. 교육 기관마저도 국어 사랑의 내용보다는 교육적 순수성을 잃은 채 기관 홍보 내용만을 앞세우고 있다. 경쟁 우위와 현실적 이익만을 추구하기 때문일 것이다. 그래서 벽지의 폐교 옥상에나 붙어 있는 '국어 사랑, 나라 사랑' 표어가 더 안쓰럽고 정겨운지도 모른다. 한 나라의 언어는 국민의 세계관을 결정하고 민족과 운명을 함께 하는 것이다. 국어가 발전해야 국가도 발전할 수 있으므로 범국가적인 미래지향 국어 정책과 적극적 지원이 필요하다. 더욱이 국어의 표기 수단인 한글은 자타가 공인하는 최고의 우리 문화유산이자 미래 사회에 문화 창조의 원동력으로서 가장 경쟁력 있는 자본이다. 우리 자신이 먼저 한글을 바르게 이해하여 잘 갈고 닦은 후, 전 세계에 그 우수성을 홍보하고 보급하여 문화국민의 긍지를 드높이는 노력을 기울여야 한다.

한글의 우수성

　우리 국어는 한반도를 비롯하여 세계 각지에 널리 퍼져 있는 언어다. 그 사용 인구의 수로 볼 때 지구상에 존재하는 수천 개의 언어 가운데 상위 십여 개의 언어 안에 들 정도로 널리 분포되어 있다. 국제 교류가 지속적으로 이루어지고 있고 그 중심에서 우리 국민들이 매우 적극성을 보이고 있는 것을 보면 우리 국어의 분포는 앞으로도 더욱 더 그 범위를 넓혀 갈 것으로 전망된다. 이처럼 꾸준히 세계 여러 나라로 뻗어 나가고 있는 우리 국어의 표기 수단이 바로 한글이다.

　언어는 음성언어와 문자언어로 분류되는데, 인류는 이 중 문자언어로 기록을 남김으로써 문화를 축적하고 전승 발전시켜 왔다. 그러나 안타깝게도 우리는 훈민정음이 창제되기 이전까지는 우리말을 기록할 고유 문자를 가지지 못했기 때문에 중국 한자의 소리와 뜻을 빌려 우리말을 표기할 수밖에 없었다. 그 결과 우리 국어에는 한자어를 비롯하여 많은 외래 요소가 스며들게 되었고, 근대 서구 문물이 수용되는 과정에서 또 다른 외래 요소들이 유입되어 와 현재 우리 국어는 고유어와 한자어, 그리고 외래어의 3중 체계로 이루어져 있다. 이 과정에서 순수했던 고유어 위주의 우리 국어에 한자어가 지속적으로 유입·증대되면서 상당 수의 고유어를 몰아내고 그 자리를 점유하여 지금은 한자어가 국어 어휘의 절반 이상을 차지하고 있다.

이처럼 서로 다른 입말과 글말을 사용하는 오랜 동안의 이중언어생활(bilingualism)을 해 오던 중 15세기에 이르러 세종대왕이 훈민정음을 창제하였다. 그때부터 우리 민족은 드디어 아주 쉽고 편리하게 우리 고유의 문자로 우리말을 적을 수 있게 된 것이다. 우여곡절 끝에 최근 한글날을 다시 공휴일로 정하여 국가적 차원에서 그 높고 큰 뜻을 기리게 된 것은 분명 가치 있는 일이다. 여기에 한글 창제의 의의와 한글의 의미를 정확히 알고 이를 꾸준히 갈고 닦아 더 아름답고 훌륭한 문자로 발전시켜 나가기 위한 교육적 노력과 범국민적 참여가 더해진다면 금상첨화일 것이다.

훈민정음은 창제된 시기와 창제자가 분명하고 만든 목적과 방법이 뚜렷한 세계 유일의 문자이며, 인류의 문자 발달 과정이나 역사에 비추어 볼 때 최고도로 발달된 단계에 해당하는 음소문자다. 이 문자의 오늘날 명칭이 바로 한글이다. 한글은 세계 어디에라도 내놓고 자랑할 만한 훌륭한 문자로서 우리 민족에게 무한한 자긍심을 심어 주는 소중한 문화유산이다.

한글은 다른 문자들처럼 오랜 세월 동안의 변모 과정을 거쳐서 만들어진 것이 아니라 어느 한 시기에 뚜렷한 목적 아래 만들어진 새로운 체계의 문자다. 그 만드는 방법에서도 독창적이고 과학적인 제자 원리에 의하여 기본자를 만들고 기본자에 획을 더함으로써 또 다른 자모를 파생해 나가는 조직성을 보이고 있다. 한글은 자음과 모음을 풀어 쓰지 않고 모아서 쓰는데, 이 모아쓰기는 첨가어인 우리말의 표기에 아주 유용하며 독서 능률을 높이는 데에도 많은 도움을 준다. 그뿐만 아니라 모아쓰기는 오늘날까지 국어와 불가분의 관계를 맺고 있는 한자와도 잘 조화를 이루는 표기 방식이다.

일찍이 다양한 분야의 학문에 조예가 깊었던 현동(玄同) 정동유(鄭東愈)는 그의 만필체 기록인 주영편(晝永編)에서 우리 한글의 가치와 구조에 대하여 높이 평가하고 훈민정음을 천하의 대문헌이라고 하였다. 그의 평가대로 우리글은 쉽고 편리하면서도 정연한 음운 이론과 역학 이론을 바탕으로 하여 만들어진 문자로서 거의 모든 소리를 정확히 표현해 낼 수 있는 훌륭한 문자언어다.

이처럼 우리는 민족의 오랜 역사와 전통이 담겨 있는 말과 세계적으로 그 우수성을 인정받는 빼어난 글을 가지고 있다. 이제 우리는 이 바탕 위에서 다시 한 번 날아올라야 한다. 지금까지 그저 앞만 보고 달려왔다면 이제부터는 우리 문화의 정체성을 되짚어 보고 대대로 전승되어 온 굳건한 터전 위에서 새롭게 나아가야 한다. 그러기 위해서 우선 우리 스스로가 한국인으로서 우리말과 우리글을 바르게 이해하고 사랑하면서 끝없이 갈고 닦아야 함은 두말할 나위가 없다.

해마다 한글날이 다가올 즈음이면 방송 매체를 통하여 국어와 한글을 동일한 개념으로 사용하는 경우를 종종 보고 듣게 된다. 겉으로는 국어 사랑을 외치면서 우리말의 개념과 우리글인 한글의 개념조차 제대로 인식하지 못하여 국어와 한글을 혼동하고 있기 때문이다. 한글은 국어의 음성언어를 표기하는 문자언어다. 한글이 무엇을 뜻하는 말인지 정확하게 인식하고 사용해야 한다. 아울러 교양인이라면 우리글인 한글이 왜 훌륭한 문자인지 설명할 수 있어야 하고 이를 한글 맞춤법에 맞게 쓸 줄 알아야 한다. 아울러 그릇된 풍조에 휩쓸려 해괴한 어휘를 만들어 유행시키는 한글 오염 행위를 지양하고, 아름답고 정겨운 고유어 어휘를 꾸준히 찾아내어 보급함으로써 고유어와 한글의 위상을 높여 나가야 한다.

오염되어 가는 고유어

　우리 민족은 세계 어느 나라 못지않은 훌륭한 문화유산을 가지고 있다. 유구한 역사와 빛나는 전통 속에서 꾸준히 갈고 닦아 온 우리말, 일제 강점기와 같은 암울한 시대 상황 속에서도 목숨을 걸고 꾸준히 지켜 온 우리말이 바로 그것이다. 시대 구분을 해 보면, 우리말은 대체로 삼국시대의 언어인 고대국어, 고려와 조선시대의 언어인 중세국어, 임진왜란 이후부터 갑오경장까지의 언어인 근대국어, 그 후 오늘날까지의 언어인 현대국어로 나뉜다. 이들을 각각 살펴보면, 그토록 소중한 우리말이 고대국어 이래 현재까지 심각하게 오염되어 왔음을 알 수 있다. 입으로는 고유어를 말하고 글말은 한자·한문을 쓰는, 이른바 이중언어생활(bilingualism)을 할 수밖에 없었던 우리의 여건에서 한자어의 증대는 어쩔 수 없었다고 하더라도 그 이후의 서구 외래어에 의한 우리말 오염 실태는 매우 안타까운 일이다.

　한자어에 의한 고유어의 오염 현상은 세계적으로 가장 우수한 문자인 한글이 창제된 이후에도 마찬가지였다. 1447년에 간행된 석보상절의 어휘와 10여 년 후인 1459년에 간행된 월인석보의 어휘를 비교해 보면,

그 짧은 기간 동안에도 많은 고유어 어휘가 한자어로 대체되었음이 나타난다. 한 예로 중의 방이 승방(僧房)으로, 어버이가 부모(父母)로 대체된 사실을 들 수 있다. 더욱이 그 당시 문헌에는 오늘날 우리가 아무런 저항감 없이 쓰고 있는 한자 남(男)과 여(女)를 각각 남진, 겨집으로 풀이해 놓기도 하였다. 이런 사실에서 우리는 중세국어에서 그토록 순수했던 우리말이 한자어에 의해서 얼마나 급속도로 오염되어 왔는지를 알 수 있다.

그 이후도 마찬가지다. 개화기를 지나면서 중국보다 한발 빨랐던 일본을 통하여 서양 문물을 받아들이는 가운데 일본식 한자 어휘는 더욱 기승을 부렸고 영어를 비롯한 외국어의 영향으로 서구 외래어가 무분별하게 유입되었다. 20세기에는 일제 강점기를 지나면서 한국어 말살 정책의 부산물로 일본어계 외래어가 폭발적으로 증가하게 되었다. 이와 같은 과정을 거치면서 현재 우리 국어의 어휘 체계는 고유어, 한자어, 외래어의 3중 체계를 갖추게 되었다. 이 중에서 한자어가 차지하는 비율이 50% 내지 70%라고 하니 실제로 우리 국어에서 고유어는 그리 많지 않은 셈이다. 기껏해야 30% 내외 정도가 고유어인 셈이다.

그러나 해방 후의 우리말 도로 찾기 운동이나 최근의 우리말 우리글 바로 쓰기 사업 등에 힘입어 아름다운 고유어가 다시 사랑을 받게 되기도 했고, 대학가를 중심으로 하여 고유어를 찾아 다시 쓰는 경향이 생겨나는 등 바람직한 현상으로 방향 전환이 되기도 하였다. 우리가 자주 사용하는 동아리, 다솜길, 새내기 등의 어휘가 이런 사실을 증명하고 있다. 그리고 북한과 교류를 확대하기 시작하면서부터 자연스럽게 접하게 된 북한의 언어도 고유어 사용에 일조한 것으로 보인다. 북한의 언어는 남한의 그것에 비해 훨씬 순수성이 유지된 언어다. 북한의 언어에서는 브래지어를 가슴띠로, 노크를 손기척, 각선미를 다리매 등으로 쓰는 등 고유어를 유지하려고 노력한 흔적이 엿보인다. 어쨌든 우리 토박이말에 대한 관심이 높아지고 있는 것은 아주 다행스런 일이다.

한자어와 서구 외래어로 인한 오염과는 또 다른 측면인, 인터넷 언어에서의 오염 실태와 사이버 세계에서 고유어를 대하는 우리의 태도 또한 심각하다. 오늘날 우리는 많은 시간을 컴퓨터 앞에 앉아서 보낸다. 사이버 세상에서 정보를 수집하고 생각하고 대화하고 시장을 보기도 하고 각종 활동을 준비하기도 한다. 거기다가 시장 경제의 논리가 팽배한 사회적 분위기는 모든 것을 경제성이나 생산성 위주로 몰고 간다. 그러다 보니 자연히 우리의 언어도 순수성보다는 편리성과 경제성만을 추구하게 되어 우리 사회에서는 정상적인 감각으로는 알 수도 이해할 수도 없는 정체불명의 어휘가 만들어져 사용되고 있다. 특히 최근에 자주 쓰이는 단축어휘의 증가는 심각한 수준이다. 단축어휘의 사용은 주로 한자어에서 의미의 중심이 되는 음절만 남겨서 짧은 어형으로 만들어 쓰는 방법이다. 그런데 요즘 등장하는 어휘를 보면 의미 중심을 고려하지 않고 무조건 첫 음절을 남긴 후 재결합하여 새로운 어휘를 만든 것들이 많아서 좀처럼 그 뜻을 알기 어렵다. 이런 현상 또한 고유어를 오염시키는 데 한몫을 하고 있다. 안타까운 현실이다.

순수한 우리 고유어에 한자어와 외래어가 침투하여 오염시켜 왔던 것처럼 한번 잘못 사용된 언어를 인위적으로 되돌려 놓기는 매우 어려운 일이다. 언어의 자정 작용에 의해 언젠가 우리 고유어가 다시 순화될 수 있다는 희망을 가져볼 수는 있겠지만, 그 이전에 우리말을 아끼고 사랑하는 마음가짐부터 확인해야 할 것이다. 좀 힘들고 번거롭더라도 국어 정서법에 맞는 우리말을 올바르게 익혀서 사용하고 정체불명의 임시어나 유행어의 사용, 무분별한 외래어의 남용을 자제해야 할 것이다.

정겨운 우리말

언어는 사회적 약속이다. 이 약속은 어느 날 어느 때에 그 사회의 구성원들이 모여서 인위적으로 한 약속이 아니라 오랜 세월을 지나면서 부지불식간에 이루어진 약속이다. 그러므로 언어에는 자연히 그 언어를 사용하는 민족의 사상과 감정이 스며들게 된다. 인간의 총체적 활동 양상과 그 결과를 문화라고 할 때 언어는 개인의 사고력과 밀접한 관련을 맺을 뿐만 아니라 개인의 생활공동체인 집단의 문화와도 불가분의 관계를 갖는다.

역사적 사실을 토대로 살펴보면 우리 민족은 잦은 내우외환을 겪으면서도 은근과 끈기로 슬기롭게 난관을 극복해 온 민족이다. 과거의 기록에 의하면 우리 민족은 흰 옷을 즐겨 입고 가무를 좋아하던 멋스러운 민족이다. 그러면서도 유사시에는 대륙을 호령하는 웅혼한 기상으로 주변 대국의 간담을 서늘하게 하기도 했고, 태평성대에는 민족의 슬기를 모아 유형무형의 주옥같은 예술품을 빚어냄으로써 문화적 저력과 섬세함을 세계만방에 자랑하기도 하였다.

우리말의 고유어는 짜임새가 있어서 정확하고 강하면서도 어딘지 모르게 부드러움과 융통성이 스며들어 있는 듯한 어감이 느껴진다. 특히 색채나 감각을 표현하는 말은 아주 섬세하게 분화되어 독특한 어감을 나타내기 때문에 모국어 화자가 아니고서는 이해하기 힘든 경우가 많다. 아마도 우리 민족이 오랜 세월 동안 겪어온 여러 가지 환경과 민족성 등이 반영되어 있기 때문일 것이다. 평소에 잊고 살았던 멋스러운 우리 고유어를 찾아서 하나하나 주의 깊게 살펴보면 그 말에 담겨 있는 우리만의 정겨움을 발견할 수 있다.

'곰비임비'는 부사로서 물건이 거듭 쌓이거나 일이 계속 일어남을 나타내는 말이다. 이 말은 임을 그리는 여인의 심정을 노래한 고려가요 <동동(動動)>에 나오는 말로서 뒤를 뜻하는 '곰비'와 앞을 뜻하는 '림비'가 합성되어서 만들어진 말이다. 우리 사회도 모든 갈등과 불신이 사라지고 서로 사랑하며 존중하는 풍토가 조성되고 경제적으로 안정되어서 경사스럽고 신바람 나는 일만 곰비임비 생겨났으면 좋겠다.

높새바람은 북동풍의 우리말이다. 높새바람은 주로 봄부터 초여름에 걸쳐 태백산맥을 넘어 영서 지방으로 부는 고온 건조한 바람인데, 농작물에 피해를 주기도 한다. 우리말에 방위를 가리키는 고유어가 없다고 하지만, 여기에서 '높'이 북쪽을, '새'가 동쪽을 가리키고 있음을 확인할 수 있다. 실제로 우리말에는 매섭게 몰아치는 바람인 된바람을 가리키는 높바람과 뱃사람들이 동쪽에서 부는 바람이라는 뜻으로 사용하는 샛바람이 존재한다. 아울러 뱃사람들이 남풍의 뜻으로 사용하는 마파람과 농촌이나 어촌에서 서풍을 가리키는 말로 쓰고 있는 하늬바람에서도 나머지 방위 명칭을 찾을 수 있다. 동서남북을 뜻하는 이 아름답고 정겨운 고유어들은 문학 용어로도 자주 쓰인다.

'동곳'은 상투를 튼 뒤에 그것이 다시 풀어지지 않도록 꽂는 물건을 지시하는 명사다. 주로 금, 은, 옥, 산호, 밀화, 나무 따위로 만드는데 대가리가 반구형이고 끝은 뾰족하여 굽은 것과 굽지 않은 것, 또는 말뚝같이 생긴 것 등이 있다. 우리말에 '동곳을 빼다'라는 말이 있다. 이는 힘이 모자라서 복종한다는 뜻이다. 옛날부터 남자의 상징인 상투를 풀고 엎드리는 행위는 굴복을 의미했다. 이는 상투를 풀려면 동곳부터 빼야 했기에 생겨난 표현이다. 동곳을 빼는 일은 초라한 행위이다. 우리는 무한경쟁의 시대에서 동곳을 빼는 일이 없도록 다양한 지식을 습득하고 원만한 인격 형성으로 지도자적 자질을 기르며 지금부터 미래를 준비해야 한다.

논이나 밭의 넓이 단위로 마지기라는 말이 있다. 보통 한 마지기는 볍씨 한 말의 모나 씨앗을 심을 만한 넓이다. 지방에 따라서 다르지만, 대개 밭의 경우는 100평 정도이고, 논의 경우는 150평에서 300평 정도의 넓이다. 마지기는 한자어 두락(斗落)을 번역해서 사용하는 고유어다. 마지기의 전 단계는 '마디기'인데, 이는 '말(斗) + 디(落) + 기(접미사)'로 분석된다. 'ㄹ' 탈락과 구개음화를 거쳐 형성된 말이다. 결국, 마지기는 한 말의 볍씨를 땅에 떨어뜨려서 그것이 자랄 수 있을 만큼 가꿀 땅의 넓이라는 뜻을 가진 말이 된다.

막벌이꾼이나 광대 따위와 같은 패거리의 우두머리를 나타내는 모가비라는 말이 있다. 이는 두목을 뜻하는 목(目)과 남자를 뜻하는 아비의 합성어다. 모가비는 오늘날 젊은 층에서 자주 쓰고 있는 보스나 짱보다 훨씬 좋은 어감을 가지고 있는 말이다. 이와 유사한 방법으로 만들어진 단어로는 물아비(물아범), 중신아비, 장물아비 등이 있다.

　이처럼 아름답고 정겨운 고유어 어휘는 우리 주변에서 쉽게 찾아볼 수 있는 것들이 많다. 그럼에도 불구하고 우리 고유어는 한자어나 외래어의 홍수 속에서, 또는 유행어에 가려져서 그 진가를 발휘하지 못하기도 한다. 누구라도 아름답고 정겨운 우리말을 찾아서 일상생활에서 즐겨 쓰는 마음을 갖기 시작한다면 국어 어휘 체계에서 고유어가 차지하는 비중이 시나브로 늘어갈 것이다.

새해의 인사말

　사회생활을 하면서 대인관계를 맺기 시작할 때 첫 번째로 주고받는 것이 인사다. 인사는 남을 존중하여 대접하는 기본적 예절이며 남에게 자신의 첫인상을 심어주는 중요한 행위다. 첫인사를 어떻게 하느냐에 따라서 인사를 받는 사람에게 호감을 줄 수도 있고 그렇지 않을 수도 있다. 그러므로 항상 진실하고 예의 바른 태도로 인사함으로써 상대방에게 좋은 인상을 남겨 주어야 한다.

　인사는 상대방의 인격을 존중하는 경의의 표시다. 또한, 인사하는 사람의 모든 것이 집약적으로 표현되므로 그 태도와 방법은 사람의 품격을 그대로 드러내게 되고, 인사를 받는 사람의 기분에도 큰 영향을 끼치게 된다. 그러므로 어떤 방식으로 인사를 하든 다정스럽고 친근하게 해야 하며 따뜻한 마음과 정중한 태도로 예를 갖추어 상대방을 존중한다는 느낌을 나타내야 한다. 나를 낮추고 상대방을 높이는 것이 예절의 기본이다.

　인사는 대체로 인사하는 사람의 격식과 태도에 따라서 목례와 보통례, 그리고 정중례로 구분된다. 이 외에도 여러 종류의 방법이 있지만,

일상생활에서 가장 일반적이고 자연스러운 인사는 상체를 적당하게 굽히면서 절하는 보통례다. 그런데 이때 서로가 절하는 동작만을 취하게 된다면 매우 어색한 인사가 될 수도 있다. 그러므로 상황이나 분위기에 따라 알맞은 인사말을 곁들임으로써 상대방에게 친밀감을 표하는 게 바람직하다. 인사말이란 인사를 나누면서 주고받는 말이다. 다른 사람과 만나고 헤어질 때, 또는 고마움이나 반가움의 감정을 표현할 때는 일상적 인사말이 쓰일 것이고, 축하와 위로처럼 특정한 때에 나누는 인사라면 그 상황에 맞는 인사말을 하게 될 것이다.

매년 해가 바뀔 때마다 새해를 맞이하면서 많은 사람들과 인사를 나누었으나 시의(時宜)에 적절한 인사말을 제대로 건네지 못한 것 같아 아쉬웠다. 특히 세배를 받으며 윗사람으로서 아랫사람들에게 알맞은 인사말을 했는지 되짚어 보게 된다. 세배는 대표적 새해 인사다. 보통은 아랫사람이 웃어른에게 절하고, 웃어른이 아랫사람에게 덕담을 건네는 것을 뜻한다. 세배할 때는 절하는 자체가 인사이기 때문에 인사말 없이 공손히 절만 하여도 예의에 어긋나지 않는다. 공손히 절한 후 가만히 웃어른의 덕담을 기다리는 것이 우리의 전통 예절이다. 그러므로 세배를 하는 사람보다도 받는 사람이 미리 좋은 내용의 덕담을 준비해 두는 것이 바람직하다.

세배할 때 보통은 '새해 복 많이 받으십시오.'라는 인사말을 한다. 그러나 이 인사말은 꼭 필요한 말이 아니고 웃어른에 앞서 먼저 말하는 것도 예의가 아니기 때문에 그냥 절만 올리는 것이 좋다. 공손히 절만 한 경우, 어른이 덕담을 건네면 '과세 안녕하십니까.' 정도로 말하는 것이 무난하며, 상황에 따라서 상대방의 처지에 맞는 다양한 인사말을 할 수 있다. 어떤 경우든 상대방의 건강과 행복 등을 기원하는 진심 어린 마음이 담겨 있는 것이 좋은 인사말이다. 세배하기 전 '절 받으세요.'나 '앉으세요.'와 같은 말도 꼭 필요한 말이 아니므로 삼가는 것이 좋다. 다만, 윗사람이지만 나이 차이가 많이 나지 않아서 절 받기를 사양할 때처럼, 필요한 경우에는 이러한 인사말을 할 수 있다.

새해의 덕담은 절하는 사람의 처지에 알맞은 내용으로 말하면 된다. 덕담은 상대방이 잘되기를 빌어 주는 말이므로 보통은 '새해 복 많이 받게.', 또는 '소원성취하게.' 정도의 내용이면 무난하다. 때에 따라서는 '올해엔 좋은 직장에 취직을 해야지.', 또는 '올해는 좋은 색시 만나서 장가들게.'처럼 상대방이 소원하고 있는 내용을 구체적으로 담아서 말할 수도 있다. 물론, 상대방이 사업을 하는 사람이라면 앞으로 사업이 더욱 크게 번창할 것이라는 내용이 덕담이 될 것이다.

그러나 과유불급(過猶不及)이란 말이 있듯이 정도가 지나치면 오랜만에 만나 인사하는 상대방에게 덕담이 아니라 오히려 좋지 않은 인상을 남기기 쉽다. 특히, 취업이나 결혼 등의 문제로 심각하게 고민하고 있는 젊은이에게 강압적으로 다짐받으려는 듯한 태도로 말하는 것은 삼가야 한다. 세배를 하는 사람도 마찬가지다. 옷어른을 염려한답시고 건강이나 장수를 지나치게 강조하여 말하면 자신의 의도와는 달리 건강 쇠약이나 나이를 먹어 가는 것에 서글픔을 느낄 수 있기 때문이다. 항상 상대를 존중하고 배려하는 마음으로 인사말을 해야 한다.

말 한마디는 실로 엄청난 힘을 발휘한다. 좋은 말 한마디는 사람의 마음을 움직여서 한 사람의 인생을 바꾸는 결정적 역할을 하기도 하고, 그렇지 못한 말은 때로 상대방의 가슴속에 아물지 않는 상처를 남기기도 한다. 요즘에는 연말연시가 되면 예전의 연하장 대신 전산망을 통하여 여러 가지의 간편한 문자들을 주고받는다. 그 짧은 말들 중에는 기발하고 참신한 내용으로 삶을 윤택하게 하는 전언(傳言)들도 많다. 이들 역시 말의 힘이다. 삶을 풍요롭고 즐겁게 해 주는 긍정적인 인사말은 상대방에게 희망과 용기를 주어 그의 삶을 성공으로 이끈다. 나아가 축복의 말이나 덕담을 건네면 상대방은 물론, 말하는 사람 스스로가 즐겁고 행복해진다. 새해를 맞이하여 꼭 세배의 인사말이 아니더라도, 새로운 마음가짐으로 상대방이 기분 좋게 느낄 정도로 나만의 새해 인사말을 만들어 보는 것도 아주 바람직한 일이다.

도라지꽃

당신과 자네

사회생활을 하다 보면 어느 집단에서나 많은 사람을 만나게 되고 서로 간에 다양한 대화를 나누게 된다. 이때 상대방의 신분이나 지위, 나이 등 여러 가지 요인에 따라 어휘 선택이나 높임의 정도가 달라진다. 대화를 나눌 때 고려해야 할 사항이 매우 많지만 그 중에서도 상대방을 가리키거나 부르는 말을 적절히 선택하여 사용하기는 쉽지 않다. 우리나라 사람이라면 누구나 대화를 나누면서 상대를 어떻게 불러야 할지 한 번쯤 고민해 본 경험이 있을 것이다. 당신이나 너로 대표되는 2인칭 대명사를 다양하게 구분해서 써야 하는 것은 우리 국어의 뚜렷한 특징 중의 하나이기 때문이다.

몇 년 전 우리 가정에서 있었던 일이다. 외국에 거주하는 딸 가족이 방학을 맞아 우리 집에 와서 머물던 어느 날 가족들이 함께 외출했다가 돌아오는 길이었다. 집으로 들어가기 위해 승강기를 탈 때 외국인인 사위가 나를 당신이라고 부르며 먼저 타라는 말로 자기 나름대로 예의를 갖추려 하였다. 무슨 말을 하려는지 이해는 되었지만 장인에게 면전에서 당신이라니 웃지도 못할 일이었다. 독일과 영국의 명문 대학에서 박사학위를 취득한 독일인 사위는 한국어도 곧잘 하는 편이고 열심히 한국어를 공부하고 있는 중이었기 때문에 더욱 황당했다. 집으로 들어와서 응접실에 앉혀 놓고 당신이라는 대명사의 쓰임에 대하여 여러 번 설명하였지만 쉽게 이해하지 못했다. 책에서 배운 대로 '너'라는 어휘를 높여서 '당신'이라고 말했는데 무엇이 잘못이냐는 것이었다.

당신은 부부 사이에서 서로를 가리킬 때 사용하는 대표적인 말이며 광고문이나 책 제목 등에서 불특정 다수의 독자에게 사용할 수 있는 대명사다. 그러나 대부분의 경우 당신이라는 말은 높임의 정도가 그리 높은 편이 아니어서 듣는 사람이 충분히 대우를 받지 못했다는 느낌을 가지고 불쾌하게 생각할 수도 있기 때문에 매우 조심스럽게 쓰인다. 더욱이 당신은 시비할 때나 싸움판에서 공손하지 못한 표현으로 상대방을 가리킬 때 자주 쓰인다. 그러므로 일상의 대화에서 매우 한정적으로 쓰이며 낯선 사람들 사이에서는 여간해서 쓰기 어려운 대명사다. 친하게 지내는 동년배나 친구들 사이에서도 서로를 당신이라고 부르는 경우가 많은데 이때도 듣는 사람은 자기를 아주 낮추어 부르는 게 아니라고 느끼면서도 대우를 받았다고 생각하지 않는다. 이처럼 발화 상황에 따라서 높임의 등급이 다르게 해석되는 당신 때문에 사소한 말다툼이 벌어지는 일이 종종 일어난다. 그러나 당신이 3인칭으로 쓰일 경우에는 극존칭의 의미를 띠게 되어 아주높임의 등급이 된다. 예를 들어 '어머니, 당신께서 아끼시던 소중한 꽃들.'에서 당신은 어머니를 아주 높여서 가리키는 말이다.

당신 이외에 자네라는 말도 조심스럽게 써야 할 대명사다. 평소 너라는 말로 지칭하며 아주 가깝게 지내온 상대방이라도 어느 정도 나이가 들면 너라는 말을 쓰기가 어색해지기 마련이다. 그래서 대학가에서는 이미 성년이 된 학생들임을 감안하여 너 대신 자네라는 말을 쓰면서 대화를 나누게 되는데 이 또한 어색하다. 왜냐 하면, 너라는 말을 사용하면서 둘 사이에 존재하던 유대와 친분이 자네라는 말을 쓰기 시작하면서 심리적으로 더 멀어진 느낌을 주는 경우가 허다하기 때문이다.

자네는 말하는 사람이나 듣는 사람이 모두 나이가 어느 정도 들어야 쓸 수 있는 대명사다. 물론 그 나이의 명확한 기준이 있는 것은 아니기 때문에 개인 간의 관계에 따라서 달라질 수 있다. 우리 사회에서는 대략 성년이 되는 나이 어름에서 자네라는 말을 쓸 수 있을 것이다. 자네라는 말의 사용은 말하는 사람이 권위를 가지고 말하는 분위기가 곁들여지는 특성이 있으며 자칫 상대방의 비위에 거슬릴 수도 있으므로 조심스럽게 사용해야 한다. 자네는 대학 교수가 대학생 제자를 대상으로 쓰기에 적합하며 초등학교나 중등학교 교사가 나이 지긋한 졸업생 제자를 대상으로 쓰기에 적합한 말이다. 또 자네는 서로를 잘 아는 막역한 친구 사이에서 자주 쓰이는 대명사다. 그러나 낯모르는 사람에게 자네라는 말을 쓰게 되는 경우에는 상대방이 자기보다 나이가 적은지를 살펴야 하고 적어도 성년에 가까운 정도의 나이가 되었는지를 고려하여 말하는 것이 자연스럽다. 자네는 상대방의 나이에 맞추어 높임의 뜻을 나타내면서도 상대방이 화자보다 손아래 사람이라는 뜻을 담고 있으므로 매우 조심스럽게 사용하는 것이 좋다.

우리말은 세계의 어느 다른 언어보다도 대화를 나누는 사람들의 관계에 따라서 그 위계질서가 엄격하게 반영되는 언어다. 말하는 사람이 어떤 대상을 높이거나 낮추어서 표현하는 것을 높임법이라고 하는데 문법적 과정이 아니라 당신과 자네처럼 특수한 어휘를 사용하여 대상을 높여서 말하는 방법을 어휘적 높임법이라고 한다. 우리말에서 상대방을 가리키는 대명사는 일반적으로 평대말 어휘와 높임말 어휘로 나뉘어 있어 말하는 사람과 듣는 사람의 관계에 따라서 달리 표현하게 된다. 당신과 자네처럼 경우에 따라서 상대방을 높이기도 하면서 충분히 대우하고 있다는 느낌을 주지 못하는 어휘일수록 더욱 조심해서 듣는 사람의 귀에 거슬리지 않도록 해야 한다.

구름양과 분자량

우리말 단어의 첫머리에서 발음되는 소리는 제약을 받는 경우가 있다. 이러한 현상을 두음법칙이라고 한다. 이는 국어의 어두에서 발음되는 음이 국어의 음운 구조상 제약을 받거나 발음 습관상 발음을 기피하기 때문에 일어나는 현상이다. 그 중 하나가 유음인 'ㄹ'이 우리말 단어의 첫머리에 오지 못하는 현상이다. 이러한 현상은 고유어보다는 한자어에서 주로 일어나는데, 우리말 첫소리의 'ㄹ'은 'ㄴ'이나 'ㅇ'으로 바뀌게 된다. 예를 들면, 락원은 낙원으로 바뀌고 료리나 리발소는 요리나 이발소로 바뀐다.

이 두음법칙은 구개음화라고 하는 음운 현상과 밀접한 관련이 있다. 국어에서는 구개음화한 소리인 'ㄴ'이나 유음 'ㄹ'이 단어의 첫머리에 오는 것을 꺼리는 현상이 있기 때문이다. 곧, 구개음화한 'ㄴ'으로 시작되는 '냐, 녀, 뇨, 뉴, 니, 녜'와 유음 'ㄹ'로 시작하는 '랴, 려, 료, 류, 리, 례' 등이 두음법칙의 적용을 받는 셈이다. 그러나 지금도 평양을 비롯한 북한의 여러 지방에서는 남한과는 달리 두음법칙이 지켜지지 않는다. 이는 한반도의 서북 지방에서는 아직도 두음법칙의 원인이 되는 구개음화 현상을 거부하기 때문에 생기는 현상이다. 우리는 북한과 관련된 방송 프로그램이나 드라마에서 북한 사람들이 음절 '지'를 '디'로 발음하는 것을 종종 볼 수 있다. 이런 이유로 지금도 북한에서는 '료리'나 '리발소'처럼 적고 말하는 것이다.

　단어의 첫머리가 아닌 경우도 주의 깊게 잘 살펴서 규정에 맞도록 적어야 한다. 가끔 글을 읽다 보면 '이 란은 독자의 란이다. / 사용요를 징수토록 해야 한다.' 등과 같은 표현을 보게 된다. 이때의 한자어 '란(欄)'은 어두의 위치에 쓰인 것이므로 두음법칙에 따라 '난'으로 적어야 한다. 두 음절 이상 한자어의 후부 요소로 쓰였을 경우에는 본음인 '란'으로 적을 수 있으나 이 문장에서는 독립된 하나의 단어이며 첫소리로 쓰인 것이기 때문에 두음법칙에 따라 적어야 한다. 이 '란(欄)'은 단어의 첫머리가 아닌 음절로 쓰일 경우, 한자어 뒤에서는 의존 형식인 접미사처럼 취급되어 '란'으로 적는다. 그러나 단어의 첫머리에 쓰일 경우와 고유어 명사나 외래어 명사에 접미되는 경우는 '난간(欄干), 어린이난, 펜팔난' 등에서처럼 '난'으로 적는다. 두 번째 문장의 '사용요'는 틀린 표기이다. '요(料)'는 단어의 첫머리에 쓰일 경우는 두음법칙에 따라서 '요금'에서처럼 '요'로 적어야 한다. 그러나 단어의 첫머리에 쓰이는 경우가 아니면 두음법칙이 적용되지 않기 때문에 '재료'에서처럼 본음대로 적어야 한다. 이 경우의 '료(料)'는 단어의 첫머리에 쓰인 것이 아니어서 본음대로 적어야 하므로 '사용요'는 '사용료'로 고쳐야 한다.

　우리말을 정서법에 맞게 사용하기는 쉽지 않다. 게다가 실제의 표기에서 단어 경계가 언제나 선명하게 드러나는 것이 아니기 때문에 또 다른 어려움이 따르기도 한다. 예를 들어 '거품양'인지 '거품량'인지, '폐활양'인지 '폐활량'인지 올바른 표기를 알아내기가 쉽지 않다. 이러한 경우 이 '량(量)'이 한자어에 결합될 때는 '폐활량'처럼 본음대로 '량'으로 적고, 외래어나 고유어에 결합될 때는 'ADZT양, 구름양'처럼 '양'으로 적는다.

이 이외에도 우리 주변에서는 '률(律,慄,率)'과 '렬(劣,列,烈,裂)'을 잘못 적는 경우가 많이 발견된다. 단어의 첫머리에서는 두음법칙에 따라서 '율'과 '열'로 적어야 하고 그 이외의 위치에서는 '법률(法律)과 격렬(激烈)'처럼 본음대로 '률'과 '렬'로 적어야 할 것처럼 생각된다. 그러나 단어의 첫머리가 아닌 경우에도 실제의 발음에서는 '율'과 '열'로 실현되는 경우가 있어서 우리를 혼란스럽게 만든다. 그러나 이 경우 단 하나의 규정만 이해하면 쉽게 해결된다. 곧, 모음이나 'ㄴ' 받침 뒤에 이어지는 경우에만 '율'과 '열'로 적고 그 이외의 경우에는 본음대로 '률'과 '렬'로 적으면 된다. 다시 말하면, '환율'이나 '나열'처럼 '률'과 '렬' 앞에 오는 음절이 받침이 없거나 'ㄴ' 받침이 쓰인 음절일 경우에만 '율'과 '열'로 적는다는 뜻이다.

우리는 누구나 우리의 말과 글을 사용하면서 살아가고 있지만 우리 말을 바르게 적고 말하는 것은 결코 쉬운 일이 아니다. 그래서 우리는 일상생활을 하면서 발음과 표기뿐만 아니라 띄어쓰기에서도 많은 오류를 범하게 된다. 한글 맞춤법을 공부한 전공자인 나 자신도 이전에 발표한 글들을 다시 보면 틀린 곳이 한두 군데가 아니어서 부끄럽기 짝이 없다. 그러나 늘 규정을 다시 확인해 보는 습관을 들이고 사전을 가까이

두면서 생활하다 보면 우리가 쓰는 말과 글은 더욱 아름답고 세련되어
질 것이다.

막걸리 이야기

대학에서 학년 초에 새 학기가 시작되고 하루의 강의가 끝날 무렵이면 거의 매일 이러저러한 모임이 있게 되어 그 뒤풀이로 술자리가 기다리고 있는 경우가 많다. 개강 모임을 시작으로 신입생과 재학생 간의 대면식에 이어 학년별 모임까지 진행되고 나면 거의 술자리로 이어진다. 학기 초에 대학가에서 다양한 모임 끝에 곁들여지는 술자리는 오랜 전통인 것 같다. 체육대회와 같은 행사를 열 때에도 요즈음은 삼겹살을 구워 놓거나 부침개를 부쳐 놓고 소주를 마시는 풍경이 자주 눈에 띄지만, 얼마 전까지만 해도 이러한 술자리에는 막걸리 통이 자주 등장했었다.

막걸리는 맑은 술인 청주를 떠내지 않고 그대로 걸러서, 다시 말하면 막 걸러서 짜 낸 우리나라 고유의 술이다. 막걸리의 다른 이름으로는 탁배기나 탁주배기가 쓰이는데 이는 경상도 지방의 사투리다. 한자어로는 탁료(濁醪), 탁주(濁酒)라고 불리기도 한다. 막걸리는 빛깔이 흐리고 맛은 텁텁하여 우리와 같은 서민과 잘 어울리는 술이다. 예로부터 한 잔의 막걸리는 논밭에서 땀에 젖은 채 허기와 갈증에 지친 농부의 시장기를 가시게 해 주었고, 하루 종일 힘든 일에 지친 월급쟁이와 노무자들의 퇴

근길을 위로해 주는 벗이 되어 왔다. 그래서 대부분의 농가에서는 일꾼들을 위하여 적당한 양의 막걸리를 항상 비축해 두고 있었고 사람들의 왕래가 빈번한 도로 주변에는 왕대포를 파는 선술집이 있었다. 그 시절에는 대개 근처의 양조장에서 짐받이 자전거로 각 가정과 선술집에 막걸리를 배달하였지만 어쩌다가 가정에서 막걸리를 담그기도 했다. 물론 밀주(密酒)를 단속하고 적발하는 술 조사가 엄격했기 때문에 자주 있는 일은 아니었다.

막걸리를 만들 때에는 우선 찹쌀, 멥쌀, 보리, 밀, 감자 등을 물에 불린 후 시루에 찐 뒤 꼬들꼬들하게 말려서 지에밥을 만든다. 이렇게 만든 지에밥을 우리 지역에서는 고두밥으로 부르기도 했고 이 술밥으로 약밥이나 인절미를 만들기도 했다. 지에밥을 만든 다음에는 밀을 갈아 물로 반죽해서 띄운 누룩과 지에밥을 섞어 버무려서 일정한 온도로 발효시킨다. 대개는 적당한 온도를 유지하기 위해 술 항아리를 이불로 덮어서 따뜻한 안방 아랫목에 두었었다. 술이 잘 익은 다음 그것을 체로 걸러서 짜 내면 막걸리가 된다. 막걸리를 짜 내고 난 후 남게 되는 찌꺼기의 명칭은 지게미다. 가난하여 먹을 것이 없던 아내 조강지처(糟糠之妻)가 밥 대신 지게미와 쌀겨를 먹으면서 내조했다는 이야기에 나오는 것이 바로 이 술지게미다. 내가 어린 시절만 해도 집이 가난하여 술지게미로 허기를 때운 후 겨우 등교하여 교실로 들어와서 정신을 차리지 못하고 쓰러지던 아이들이 더러 있었다. 참으로 아픈 기억이다.

막걸리라는 단어의 명칭은 두 가지 형성 과정을 생각할 수 있다. 하나는 부사 '막'에 동사 어간 '거르-'가 결합된 것이고, 또 하나는 동사 어간 '막-'에 또 다른 동사 어간 '거르-'가 결합되어 형성되었다고 추정할 수 있다. 막걸리의 어원을 전자로 본다면, 막걸리는 마구 걸러서 만든 술이라는 의미가 된다. 후자가 올바른 추정이라면, 막걸리는 체로 막아서 걸러 낸 술이라는 의미를 갖는다. 토속적인 제조 과정 때문인지 몰라도 막걸리는 양귀비처럼 예쁘거나 요염한 자태를 보이지도 않고 모란처럼 부유하거나 귀한 모습을 보이지도 않는다. 그 텁텁함은 그저 우리의 산야나 길가에 평범하게 피어 있는 들꽃과도 같은 느낌을 준다. 막걸리는 다른 술에 비하여 그렇게 독하지도 않고 값도 그다지 비싸지 않으며 허기가 지고 출출하거나 컬컬할 때 한잔 술로 허기를 때울 수 있는 서민적인 술이다.

몇 해 전 어느 대학가에서 새 학기의 연이은 술잔치 때문에 과음으로 목숨을 잃는 사고가 발생했다. 이런 소식을 듣게 되면 잔디밭에서 학생들과 함께 막걸리 한 모금으로 목을 축이며 이야기꽃을 피우던 먼 과거의 추억마저도 죄의식 속에서 떠오른다. 낭만과 멋과 젊은 날의 가치 있는 고뇌가 담겨 있던 막걸리 한 잔은 결코 죽음으로 이어질 수 없고 오히려 삶의 활력소가 되었을 텐데 말이다. 우리는 과음으로 인하여 패가망신을 한 이야기를 들으며 삶에 경계를 삼고 있지만 술은 인간의 삶에서 필요하고 유용한 측면이 많다. 어떻게 보면 우리의 삶에서 적당한 정도의 술은 필수불가결한 것이지도 모른다. 그러나 대학가에서 술을 마시는 이유를 다시 한 번 냉정하게 생각해 볼 필요가 있다. 낭만도 추구해야 하고 젊음의 패기도 있어야 하지만 대학 생활의 본말이 전도되어서는 안 되기 때문이다. 대학 생활에서는 무엇보다도 진리 탐구가 우선이다. 적당량의 술로 삶의 활기를 찾고 멋스러운 낭만을 추구하려다 본분을 망각하고 오히려 더 큰 문제를 일으켜서는 안 된다. 어떤 술자리든 막걸리를 거르려다 지게미도 못 건지는 어리석음을 범하지 않도록 각별히 조심해야 한다.

모르쇠 이야기

벽초 홍명희의 소설 임꺽정을 읽다 보면 모르쇠라는 말이 나온다. 어느 노인에게 이 말 저 말 많은 것을 캐어물어 보았으나 모르쇠로 방패막이를 하였다는 내용이다. 모르쇠라는 말은 알고 있는 사실이건 모르는 사실이건 모두 다 모른다고 잡아떼는 것을 이르는 말이다. 이는 관용구 '모르쇠(를) 잡다'를 만들어 내는데, 이 관용구는 일체 알지 못하는 체하는 것, 곧 그저 덮어놓고 곤란할 때는 무조건 잡아떼는 모르쇠가 제일이라는 뜻이다.

요즈음 우리 주변에서는 모르쇠를 잡는 사람들을 아주 흔하게 볼수 있다. 우리는 전직 대통령을 비롯하여 많은 정치인과 지도층 인사들이 중요 사안에 대하여 자신의 입장을 밝혀야 할 결정적인 시점에 와서일체의 논평을 하지 않는 노코멘트(no comment)라는 말로 대답을 대신하는 일을 종종 보아 왔다. 우리 사회에 끼치게 될 영향이나 다른 사람들의 관심 따위야 어떻든 자신이 대답하기 곤란한 내용이면 무조건 모른다고 하거나 아무 말도 하지 않겠다는 무책임한 태도다. 이는 언뜻 보면온갖 미사여구를 동원하여 거짓말을 하거나 잘 모르면서도 많이 아는 체하는 현학적 태도보다는 나을 수도 있다. 그러나 바람직한 태도가 아니라는 것만은 분명하다. 왜냐하면, 자신의 잘못을 감추고 책임을 회피하면서 남을 기만하는 행위이기 때문이다.

정말 몰라서 모른다고 하는 것은 자신이 모르고 있다는 사실을 정확히 알고 있는 것이므로 진정 모르는 것이 아니며 이렇게 말하는 것은 솔직한 표현이다. 그러나 모르면서도 아는 체하며 말하는 것은 자신이 모르고 있다는 사실조차 깨닫지 못하는 무지에서 비롯되는 것이므로 정말 부끄러운 일이다. 말을 아끼면서 언제나 신중하고 정직하게 대화에 임해야 하는 이유가 여기에 있는 것이다. 이와는 좀 다른 이야기지만, 모르쇠는 자신의 입장을 방어하기 위하여 말을 하지 않거나 모른다고 하는 것이므로 대화의 올바른 자세라고 할 수 없다. 그것은 숨기기 위해서 모른다고 하는 것이지 정말 몰라서 모른다고 말하는 게 아니기 때문이다.

모르쇠는 '모르다'라는 동사의 어간 '모르-[不知]'에 '쇠[鐵]'가 결합하여 형성된 말이다. 우리가 일상에서 자주 사용하는 열쇠나 자물쇠와 유사한 구조로 만들어진 말이다. 열 때 사용하는 쇠를 열쇠라 하고 잠글 때 사용하는 쇠를 자물쇠라고 하듯이 입을 굳게 다물어 아무 말도 못하게 하도록 쇠를 입에 달아매어 둔 것처럼 표현한 것이다. 곧 이는 일종의 방성구(防聲具)를 연상하게 하는 단어다.

언어의 주체는 인간이다. 인간이 언어를 가지고 있다는 사실은 인간이 다른 동물들과 구별되는 중요한 요인이다. 인간은 언어를 가지고 의사소통을 할 뿐만 아니라 서로 간의 애틋한 마음과 감정을 전달하기도 한다. 인간은 언어를 가지고 있기 때문에 고도의 문화를 창조하고 이를 후세에 물려줄 수도 있다. 인류의 문화는 언어를 통하여 계승 발전되는 것이 대부분이다. 따라서 우리 인간에게는 언어를 진실하고 바르게 사용하여야 할 의무가 있는 것이다.

음성언어인 말은 써 놓고 나서 다시 고칠 수 있는 여유가 있는 문자 언어와는 달리 한 번 발화하면 다시 주워 담을 수가 없다. 그러므로 말은 항상 조심하고 아끼면서 신중하게 해야 한다. 무심코 한 말이 남에게 상처를 주지는 않는지 나의 한 마디가 내 자신의 입장만을 강변하는 폭력으로 쓰이고 있지는 않은지 늘 살펴보고 반성해야 할 것이다. 그러나 말을 아낀다고 해서 자신을 방어하기 위한 침묵으로 일관하는 것, 곧 모르쇠를 잡아서는 안 된다. 이 또한 말을 무기로 한 폭력과 다를 바가 없기 때문이다.

요즈음 우리 사회에는 사리사욕을 채우기 위한 부정부패와 비리가 만연하고 있다. 게다가 고도의 지능적 수법이 더해져서 그 폐해의 범위가 넓어지고 규모가 점점 더 커지고 있다. 그러나 부정부패를 저지른 사람이 스스로 참회하고 용서를 구하는 태도는 보이지 않는다. 모두가 어떻게든지 자신이 저지른 비리와 관련된 행동을 교묘하게 꾸민 말로써 은폐하거나 합리화하려고 한다. 그리고 그게 여의치 않으면 처음부터 끝까지 모르쇠로 일관하기 일쑤다. 버틸 수 있는 데까지 버텨 보자는 심산이다. 그러다가 뚜렷한 증거가 나타나고 진실이 밝혀지면 마지못해 자신의 비리를 인정하고 만다. 이러한 태도는 법적인 문제 이전에 언어 사용의 특권이 부여된 인간으로서 말을 진실하고 바르게 사용하여

야 하는 의무를 저버린 행위다. 자기가 한 말과 행동에 대해 책임질 줄
아는 정직한 사람이 되어서 부도덕하게 변명하거나 모르쇠로 일관하는
일이 없도록 해야 할 것이다.

엉터리와 괴발개발

사람은 환경의 지배를 받으며 산다. 논어의 한 구절처럼 '기불선자 이개지'(其不善者而改之)하는 경우도 있지만, 대부분은 자기가 가까이 하고 있는 것, 그 중에서도 악(惡)한 것에 물들기 쉽다. 이러한 현상은 우리 인간사에서뿐만 아니라, 우리가 사용하고 있는 언어에서도 자주 발견되는 현상이다. 곧, 우리말 가운데는 문장 속에서 어떤 단어가 주변에 있는 다른 단어의 영향을 받아서 그 단어 본래의 뜻을 상실하고 새로운 의미를 띠게 되는 경우가 많다. 우리는 이러한 현상을 의미의 전염이라고 부른다. 의미의 전염에 의하여 의미변화가 일어나는 어휘는 대개 긍정적인 쪽으로 변화하기보다는 부정적인 쪽으로 변화하는 경우가 많다.

우리는 흔히 엉터리라는 단어의 뜻을 터무니없는 말이나 행동, 또는 그런 말이나 행동을 하는 사람이라는 의미로 알고 있다. 혹은 보기보다 매우 실속이 없거나 실제와 어긋나는 것이라는 의미로 이해하기도 한다. 물론, 그 의미는 공시적으로 틀림이 없으므로 엉터리박사와 같은 합성어까지도 만들어져 자연스럽게 사용되고 있다. 그러나 통시적으로 그 내면을 들여다보면 엉터리라는 단어는 너무도 억울하게 의미 가치가 하락되어 쓰이고 있는 것을 알 수 있다. 엉터리의 본래 뜻은 대강의 윤곽, 또는 대강의 기초로서 충실한 내용이나 어지간한 상태와 모습을 나타내는 데 잘 어울리는 긍정적 의미를 갖고 있던 단어다. 그러나 지금은 의미가 변화하여 실속이 없는 사람이나 사물, 또는 아주 터무니없는 행동을 하는 사람이라는 부정적 의미로 사용되고 있다.

엉터리는 흔히 부정적 의미 가치를 가지고 있는 '없다'와 잘 어울려 쓰인다. 그러다 보니 '없다'의 부정적 의미 가치가 엉터리에 전염되어 엉터리까지도 부정적 의미 가치를 띠게 된 것이다. 현대국어에서 엉터리는 긍정적 의미와 부정적 의미의 두 가지 의미 기능을 가지고 있다. 예를 들면, '엉터리없는 행동'에서는 긍정적 의미이고 '엉터리 같은 계획'에서는 부정적 의미를 나타낸다. 이 두 가지 의미 가운데서도 긍정적 의미보다는 주로 부정적 의미로 더 많이 쓰이고 있다. 어쨌든 엉터리는 본래 충실한 내용이라는 긍정적 의미를 가지고 있던 단어다.

정보화 시대를 빙자하여 컴퓨터가 우리 청소년들의 마음을 사로잡고 있는 요즈음은, 인물을 선택하는 네 가지 기준이었던 신언서판(身言書判)이라는 말이 무색할 정도로 우리 주변에는 부정적 의미의 엉터리 글씨가 판을 치고 있고, 글씨를 훌륭하고 아름답게 쓰지 못하는 것이 크게 허물이 되지 않는 세상인 것 같다. 모든 글씨의 모양이나 크기를 기계가 알아서 잘 처리해 주고 있으니 굳이 글씨 쓰기에 별다른 노력을 기울이지 않아도 될지 모르지만, 어쨌든 한 점 한 획에도 심혈을 기울이던 심정필정(心正筆正)의 전통을 이어가지 못하고 있는 것만은 분명한 사실이다.

우리 주위에는 정갈스럽지 못한 글씨를 아무렇게나 써 놓은 모양을 개발새발 그려 놓았다고 하거나 개발쇠발 그려 놓았다고 표현하는 사람들이 많다. 개발새발이라는 표현은 아마도 마당에 개의 발자국과 새의 발자국이 어지럽게 어우러져 있는 모습을 연상하여 만들어 낸 말일 것이다. 그러나 개와 새가 어울려서 남겨 놓은 자국을 엉터리로 써 놓은 형편없는 글씨와 연결시키기는 아무래도 어색하다. 개발쇠발은 개의 발과 소의 발이라는 뜻으로 아주 더러운 발을 비유적으로 일컫는 말이므로 깨끗하지 못하게 아무렇게나 써 놓은 글씨를 이렇게 표현한 듯하다. 그러나 아무렇게나 엉터리로 써 놓은 글씨를 개와 소의 발에 비유하는 것도 선뜻 받아들이기 어렵다.

개발새발이라는 말은 괴발개발의 잘못이다. 여기에서 '괴'는 고양이의 옛말이기도 하며, 강원도 지방이나 경상도 지방에서 쓰이는 고양이의 방언형이다. 예로부터 개와 고양이는 만나기만 하면 서로 잘 다투는 앙숙 관계다. 깨끗하게 쓸어 놓은 우리 전통 가옥의 앞마당에서 아웅다웅 다투는 앙숙 사이인 개와 고양이가 서로 쫓고 쫓기며 발자국을 어지럽게 남겨 놓은 모습을 상상해 보면, 그 모양이 마치 서툰 솜씨로 아무렇게나 그려 놓은 글씨의 모양과 같음을 알 수 있다. 개와 고양이가 다른 동물들에 비하여 비교적 사람 가까이 살며 옛날부터 사람들에 의하여 길들여져 온 동물임을 생각하면 이러한 추정은 충분히 개연성이 있다고 할 수 있다. 잘못 쓰이고 있는 개발새발은 괴발개발이 바른 말이다.

환경에 따라서 변하는 것이 언어의 속성이다. 언어는 언중의 인정을 받아야 하는 사회성과 시간의 흐름에 따라 끊임없이 변화하는 역사성을 가지고 있기 때문이다. 그리고 언어의 주체는 인간이므로 언어의 변화는 우리 인간들이 어우러져 살아가는 공동체인 사회와 그 삶의 자취인 문화에 기인하는 현상이다. 우리가 반듯한 자세로 이 사회를 아름답게 가꿔 간다면, 우리말은 자연히 바르고 아름다운 언어로 가꾸어질 것이다. 역으로 말이 참되고 아름다우면 혼탁하고 어지러운 이 사회가 맑고 깨끗하게 정화될 것이다. 아름답고 정겨운 우리말을 엉터리없이 만들지 말고 단아하고 정갈한 우리글을 괴발개발 그리지 말아야 하겠다.

새내기를 기다리며

대입 수학 능력 시험이 끝나면 본격적으로 대학 입시가 시작되고 신입생 모집을 알리는 대학의 홍보물들이 자주 눈에 띈다. 대학마다 국내 최고임을 자처하고 정보화와 개방화 시대에 효율적으로 적응할 수 있는 최적의 공간임을 자랑하면서 각종 특전(特典)을 제시함으로써 대학 진학 희망자들의 눈길을 끌려고 노력한다. 그러나 대부분이 학생 모집에만 열을 올릴 뿐 건전한 교육 철학이나 미래의 비전을 제시하는 대학은 많지 않다.

대학은 지상에서 가장 아름다운 곳이다. 인생에 있어서 무엇보다도 값지고 찬란한 젊음이 있고 그들에게 주어진 공간은 대부분이 열려 있기 때문이다. 연구실 창밖으로 보이는 대운동장에는 늘 역동적 힘이 용솟음치고 있고 노천강당의 잔디 객석에는 언제나 잔잔한 감동이 흐른다. 숱한 꿈과 낭만과 배움의 등불을 밝혀 온 이 공간은 매년 봄이 되면 새로운 주인을 맞이하게 된다. 그래서 창밖을 바라볼 때면 언제나 새 주인들이 새롭게 설계하고 새로운 꿈을 엮어 갈 수 있도록 마음속으로 내 나름의 빈 공간을 만들어 보게 된다. 우리는 그 공간에서 함께 사색하고 고뇌하고 서로 부대끼면서 생활하게 될 것이기 때문이다.

흔히 캠퍼스의 새 주인인 신입생을 새내기라고 부른다. 새내기는 비교적 최근에 대학생들이 잃었던 우리말을 도로 찾고 우리말 쓰기 운동을 벌이던 중 만들어 낸 말로서 신입생에 비하여 아주 참신한 느낌을 준다. 현대국어의 관형사에 접미사가 붙어서 형성된 비문법적 용어일지라도 사회적 보편성을 얻어 대학 사회에 정착했을 뿐만 아니라 일반 사회에까지 쓰임이 확대되어 신출내기라는 뜻으로 자주 쓰이고 있는 말이다. 이처럼 언어는 사회성을 갖고 있기 때문에 단어 형성 규칙을 어기더라도 언중이 약속을 하면 생명력을 얻게 된다.

머지않아 우리의 새내기가 될 이 땅의 젊은이들은 기나긴 대입 준비 과정을 거치면서 마음이 많이 황폐해져 있을 것이다. 이런 황폐한 마음을 가지고서는 갑자기 다가오는 자유와 대학의 열린 공간을 감당하기 어렵다. 그러므로 여유를 가지고 겸허한 자세로 자신을 돌이켜 보면서 다양한 분야에 걸쳐 관심을 가짐으로써 균형 있게 교양을 쌓아 나갈 준비를 해야 한다.

현대는 분명히 개방화에 따른 기술의 혁신과 무한경쟁의 시대이다. 정보에 뒤떨어져서는 안 되며, 무한경쟁의 냉엄함 속에서 의연히 설 수 있는 경쟁력을 길러야 할 것임은 두말할 나위가 없다. 그러나 이러한 시류에 무작정 편승하여 기계 문명의 노예가 되어서는 안 된다. 문명의 이기를 다스리고 제어할 수 있는 힘을 길러야 하며 우리 민족 문화의 정체(正體)를 이해하고 지켜 나가는 참된 젊은이가 되어야 한다. 세계화와 개방화는 피할 수 없는 시대적 조류이지만 내 것을 버리고 남의 것을 추종

하는 것이 되어서는 안 된다. 내 것을 바탕으로 세계를 향하여 나아가는 것이 진정한 세계화이다.

대학은 정의가 살아 있고 건전한 철학이 있는 곳이다. 세속적 욕망이나 성공만을 추구하는 곳이 아니다. 대학 진학을 희망하는 젊은이들은 오랜 고통 끝에 찾아온 이 시간적 공백을 잘 활용하여 올바른 가치관을 정립하고 자신의 철학을 실천해 나가기 위한 준비기로 삼아야 할 것이다. 자신의 의지대로 자기가 하고 싶은 일을 하면서 사는 인생은 행복한 인생이다. 적성과 능력에 따라 소신 있게 판단하고 선택하여 인생의 황금기를 알차고 보람 있게 살아갈 수 있는 터전으로 만들어 가야 한다.

대학은 진리를 탐구하는 학문의 전당으로서 순수한 학문적 열정을 불태우는 곳이다. 인생의 새로운 전환점을 지나면서 날로 새롭고 또 새로워지는 환골탈태의 자기 혁신이 이루어지는 곳이다. 처절한 탐구 정신과 자성(自省)의 몸부림이 없이는 대학 생활에 큰 의미를 부여하기 어려울 것이다. 뚜렷한 목표를 세우고 고독한 내적 분투의 시간들을 견뎌내려는 마음의 준비를 해야 한다.

대학은 꿈과 낭만이 있고 시간과 공간이 열려 있는 곳이기도 하다. 대학인은 그곳에서 학문외적 지식을 습득하기도 하고 다양한 취미 활동도 하면서 인생을 더 풍요롭게 만들어 가기도 한다. 물론 그 풍요로움 속에는 성숙을 위한 인생의 고뇌가 깃들어 있기 마련이어서 탈세속적인 대학인의 고뇌는 젊은이를 젊은이답게 만들어 줄 것이며 결국에는 비상하는 기쁨을 가져다 줄 것이다.

결코 길지 않은 인생이다. 더구나 하루에 새벽이 두 번 오지 않듯이 젊음 또한 두 번 다시 오지 않는다. 누구나 각자 자기가 가지고 태어난 능력을 충분히 발휘하여 도전하고 성취한 후에 행운을 기다려야 한다. 인생은 남이 살아 주는 것이 아니라 자기 자신이 설계하고 실천하며 살아가는 것이다. '나'라는 존재는 나 자신이 주인이 되어 내가 만들어 가는 것이고 인생의 책임도 나의 몫이다. 한 해를 마무리해야 할 때가 되면 나는 독서, 사색, 여행 등의 어휘를 조심스럽게 떠올리면서 내 곁에 빈 공간을 남겨 두고 싶어진다. 새 봄이 오면 이곳으로 다가와 미래로 도약하기 위한 꿈의 공간을 만들어 갈 새내기들이 있기 때문이다.

주체높임법

우리말의 높임법은 적어도 세 가지 대상을 고려하여 결정된다. 한 문장 안에서 서술어의 주체를 높이느냐 서술어의 객체를 높이느냐에 따라서, 또는 발화 현장에서 직접 말을 듣는 사람을 자기와 대비하여 어떻게 대우하느냐에 따라서 높임법이 달라진다. 이 중에서 어떤 행위나 상태를 나타내는 서술어의 주어를 높여서 표현하는 방법을 주체높임법이라고 한다. 주체 높임은 존대 대상인 주체가 말하는 사람에게 존경의 대상이 된다는 이유 때문에 높임의 표현을 하게 되는 것이다. 말하는 사람이 어떤 명사구를 존경의 대상이라고 판단하게 되고 그 명사구가 주어의 자리에 놓이게 되면 그 서술어의 어간에 주체를 높이는 선어말어미 '-(으)시-'를 첨가하여 존경의 표현을 하는 문법적 절차를 거치게 된다.

우리는 일상적인 대화를 하는 중에 주체를 높이는 선어말어미 '-(으)시-'의 사용을 자주 듣게 된다. 이러한 높임법은 대부분 적절하게 잘 사용되고 있지만 가끔은 과도하게 적용되는 경우도 있다. 한 번은 대화하던 중에 '내가 아시는 분한테 들었다.'라는 표현을 들은 적이 있다. 이 발화는 서술어 어간에 주체를 높이는 선어말어미를 붙여서 어떤 대상을 높이려는 의도로 표현한 말이다. 이 문장에서 서술어의 주체는 나 자신이다. 그러므로 이 문장은 스스로를 높인 꼴이 되어 높임법에 어긋난 표현이 되고 말았다.

가끔 어린 학생들의 대화에서 나타나는 '영희야, 너 선생님이 오시래.'와 같은 문장도 잘못된 표현이다. 선생님은 말을 하는 사람이나 듣는 사람보다 손윗사람이므로 높여야 할 대상이고 말을 듣는 사람인 '너'는 높여야 할 대상이 아니다. 바른 표현은 '영희야, 선생님께서 오라셔.' 또는 '영희야, 선생님께서 오라고 하셔.'이다. 그리고 결혼식장에서 종종 듣게 되는 '주례 선생님 말씀이 계시겠습니다.'도 주례 선생님을 높이는 것이 아니라 말씀을 높이는 것이 되기 때문에 바른 표현이 아니다. 이 경우는 '주례 선생님 말씀이 있으시겠습니다.'나 '주례 선생님께서 말씀하시겠습니다.' 정도가 바른 표현이다.

주체높임법에서 높임의 대상으로 판별되는 명사구는 우선 인물이어야 한다. 그럼에도 때로는 사람이 아닌 무정물까지 높여서 잘못 말하는 경우가 있다. 종합병원에 건강 검진을 받으러 갔을 때의 일이다. 홍채 진단 의료기기 앞에 앉아서 눈을 크게 뜨고 있는데 홍채 관련 검사를 담당하던 간호사가 다가와서 의료기기를 가리키며 '여기에서 바람이 나오세요.'라는 표현을 하였다. 이 문장에서는 나오는 주체가 바람이고 그 바람을 높여서 표현한 것이므로 결국 높이지 말아야 할 대상을 높인 결과가 된 것이다. 커피를 주문한 사람에게 '커피 나오셨습니다.'처럼 말하는 것이나 백화점에서 손님에게 '이 옷은 신상품이세요.'처럼 말하는 것도 이와 동일한 표현으로 높임법이 잘못 적용된 예다.

그러나 무정물을 높여서 말하더라도 '할아버지는 돈이 많으시다'나 '할아버지는 넥타이가 멋있으시다.'와 같은 표현은 가능하다. 할아버지의 소유물인 돈과 넥타이를 높여 줌으로써 할아버지를 간접적으로 높이는 것이기 때문이다. 물론, '할아버지는 머리에 검불이 붙으셨다.'처럼 할아버지의 소유물이라고 보기가 어렵고 부정적 대상인 검불까지 높임의 대상으로 표현하는 것은 바람직하지 않다.

높임의 대상이 되는 명사구가 인물이 아니라도 특수한 경우에는 선어말어미 '-(으)시-'를 사용하여 표현할 수 있다. 가령, 가뭄 끝에 기다리고 기다리던 비가 내리는 경우 '비가 오신다.'처럼 '-시-'를 사용하여 반갑고 고마운 마음을 표현할 수 있고, 하느님이나 신령님처럼 외경의 대상인 경우에는 '-(으)시-'를 사용할 수 있다.

우리말에서 주체를 높여서 말하기 위한 선어말어미 '-(으)시-'는 거의 모든 동사나 형용사의 어간에 자유로이 결합될 수 있다. 그리고 우리 국어에는 '잡수시다, 계시다, 편찮으시다, 돌아가시다, 주무시다' 등처럼 몇몇의 용언은 대상을 높이기 위한 어형으로 특이하게 발달해 있는데 이들은 대체로 선어말어미 '-(으)시-'와 함께 쓰인다. 이처럼 특수한 어휘에 의해 실현되는 높임법을 어휘적 높임법이라고 한다.

주체높임법에서는 특수한 경우에 주체높임을 억제하여 높여서 말하지 않기도 하는데 이를 압존법(壓尊法)이라고 한다. '할아버지, 아버지가 아직 안 들어왔습니다.'처럼 주체가 말하는 사람보다 손윗사람이라도 듣는 사람보다 손아랫사람이라면 주체높임의 선어말어미 '-(으)시-'의 사용을 유보한다. 그러나 최근에는 말하는 사람인 손자의 입장에서 판단하여 아버지를 아버지보다 손윗사람에게 말할 때에도 높여서 말하는 것이 일반화되었다. 또한, 주체가 말하는 사람보다 손아랫사람이라도 듣는 사람보다 손윗사람이라면 '(할아버지가) 영희야, 아버지 어디 가셨니?'처럼 높여서 표현할 수 있다. 이는 영희의 입장에서 말하는 것으로 자신보다 손아랫사람인 아들을 높여서 표현한 것이지만 현행 우리말 높임법에서 허용하고 있는 표현이다.

축제 한마당

　해마다 가을이 되면 대학가에서는 축제가 열린다. 캠퍼스에서 벌어지는 각종 축제의 모습을 오랜 세월 동안 지켜보며 그 형식이 예년과 크게 달라진 게 없을지라도 내용적 측면에서는 매년 새로이 변화하고 있음을 느껴 왔다. 대학인들은 강의실 안에서뿐만 아니라 캠퍼스 곳곳에서 전개되는 각종 활동에 참여하면서 선후배나 교수와의 만남 등을 통하여 견문을 넓히고 교양을 쌓아 가며 날로 새로워지는 변화를 추구하기 때문일 것이다. 발표회로 이어지는 각종 분과 활동이나 소모임 활동은 아주 좋은 배움의 기회이므로 이를 통하여 자신의 역할이 중요함을 새롭게 인식하고 타인과 더불어 사는 지혜를 배우며 자신의 자발적인 참여와 활동에 더 큰 가치를 두게 된다. 강의실 밖에서 이루어지는 이러한 활동의 결과는 대부분 축제에 종합적으로 반영되어 나타난다.

　대학 문화의 척도는 그 대학 구성원들이 성취해 내는 학문과 예술의 수준이 반영되어 결정된다. 그리고 어떤 유형의 문화라도 그 구성원들이 사고의 노력 끝에 만들어 내는 소중한 결실이며 고뇌와 땀과 눈물의 소산이기에 그 문화를 창조해 낸 사람들에게 비상하는 기쁨을 가져다 주기 마련이다. 아울러 건전하고 새로운 문화를 창달하려는 정신과 적극적 태도는 바람직한 대학 문화를 선도하는 힘의 원천이기도 하다. 내가 늘 곁에서 지켜보며 직접 참여하기도 했던 축제 한마당은 교정에서 시화전을 열고 무대에 올라 노래하고 연기하는 '아숨말제' 활동이었다. 중세국어 아숨말은 우리 겨레의 말, 곧 우리말이란 뜻이고 이 축제는 모두 아름답고 정겨운 우리말을 바탕으로 하여 이루어지는 활동이었다.

　의사소통의 중요한 수단인 글쓰기는 하나의 완결되고 통일된 생각이나 느낌을 문자언어로 표현해 내는 과정이다. 그리고 글을 쓰는 행위는 자신의 삶 속에서 얻은 생각과 느낌을 진솔한 언어로 표출해 내는 과정이므로 좋은 글은 언제나 깨끗하고 곧은 삶과 솔직한 생각으로부터 비롯된다. 이처럼 글은 진실성을 바탕으로 하기 때문에 글쓴이가 살아온 진실한 삶의 이야기가 반영되고 그것을 효과적으로 표현하기 위해 오랜 고민 끝에 선택해 낸 언어들이 독자들에게 감동을 주게 된다. 나는 축제 때마다 젊은이들이 몇 달 동안 여가를 활용하여 틈틈이 쓰고 다듬어서 시화전에 내놓은 주옥같은 글들을 대하면서 그들의 숨결을 새롭게 느껴 왔다. 아울러 그들이 한 편의 글을 완성하기 위하여 선택해 내는 언어들이 일상적 삶에 깊이를 더하여 생각과 느낌을 더욱 풍요롭게 해 주기도 한다는 걸 확인했다. 아직은 설익은 언어일지라도 어느 때는 잔잔한 호수처럼 조용하면서도 때로는 큰 강물처럼 도도하게 흐르면서 폭풍우처럼 세상을 뒤흔들 수 있는 힘이 있는 언어로 느껴졌다. 하늘을 향해 높이 치솟은 나무일수록 땅속 깊이 뿌리를 내리고 있고, 깊은 어둠일수록 더 밝게 어둠을 사르게 되는 것처럼 역동적 이미지를 경험하기도 했다. 해마다 축제가 열리면 학생들의 시화전을 감상하면서 시를 쓰는 마음으로 알차게 무르익어 가는 젊은이들과 함께 살아가고 있음에 큰 행복을 느끼곤 했다.

축제가 절정에 이르면 항상 노래패와 시극의 공연을 무대에 올려 대미를 장식했다. 가을 축제를 비롯하여 크고 작은 각종 행사가 있을 때마다 우리의 노래패는 민중의 노래 겨레의 소리를 공연했고 청중들은 가슴속에서 뜨겁게 번져 나오는 진한 감동을 느끼곤 했다. 노래패는 젊음의 멋과 낭만을 한껏 발산하면서도 이 사회에서 소외되어 외로운 이웃을 위로하고 의롭지 못한 권력에 의해 뿌리 뽑힌 계층의 가슴 아픈 상처를 어루만져 주는 민중가요를 즐겨 불렀다. 민중가요는 역사의 직접적 주체이면서도 역사의 주인이 되지 못하는 민중의 애환을 담고 있는 노래가 대부분이었다. 이 공연은 노래를 통하여 정치, 경제, 사회, 노동, 통일, 인권 등 다양한 주제에 접근함으로써 이를 올바르게 이끌어 가는 문화적 선도의 힘을 지니고 있었다. 그리고 시극 공연에서는 시와 극의 어울림 속에서 웃음과 눈물 뒤에 감추어진, 삶의 진실한 모습과 거기에 담겨 있는 삶의 철학을 엿볼 수 있었다. 진한 감동과 여운을 남긴 채 공연이 끝나면 객석에 있던 우리들은 모두 무대 위로 뛰어올라 서로 부둥켜안고 펑펑 울었다. 시극이 남긴 감동적 메시지와 출연진들이 그동안 남몰래 흘린 땀과 눈물 때문이었을 것이다. 그럴 때마다 나는 경서의 한 구절을 인용하면서 성공적인 시극 공연을 축하하고 연출가와 출연진들을 위로해 주었다. 인간에게 큰일을 맡기기 위해서 하늘은 먼저 불행과 고통을 내려 준다고 하는데, 이는 시련을 딛고 일어서서 고통스러운 삶을 극복한 사람만이 삶에 대하여 더 강렬한 욕구를 갖게 되고 더 큰 축복을 받게 되기 때문이라고 말하면서 축제 한마당을 마무리했다.

제 3 부

들꽃 핀 언덕에서

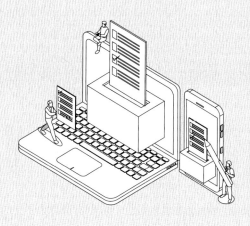

꽃다운 이름이여

이 시대의 마지막 선비이자 군자이신 동천(東泉) 선생님은 제자 사랑이 유별난 국어학자일 뿐만 아니라 문학과 예술에도 조예가 깊으셨다. 서재로 찾아뵐 때마다 늘 단정하게 앉아서 먹을 갈아 세필로 작은 글씨를 쓰시던 기억이 난다. 서예와 학문의 대가이신 선생님께서는 당시 최고의 서예가 우송(又松) 선생님의 인품과 재주를 높이 평가하며 끔찍하게 아끼셨다. 그래서 소모임을 만들어서 선생님께 서예 지도를 받고자 서재로 찾아간 제자들을 모두 우송 선생님 문하로 보내어 한문을 강독하고 서예를 연마하게 하셨다.

그리고 선생님께서는 나와 같은 새내기 국어학도에게 학문의 바른 길과 학자로서의 올바른 자세를 유난히도 강조하시면서 국어학에 눈을 뜨게 해 주셨다. 오래 전 청원군 내수읍에 공군 부대와 비행장을 건설할 때였다. 귀중한 국어사적 가치를 가지고 있는 순천김씨묘 출토 간찰을 고분에서 발굴하자마자 냄새가 채 가시기도 전에 구김을 펴고 다리미로 조심스럽게 다려서 보여 주시며 국어사 자료의 중요성을 일깨워 주시던 기억이 새롭다. 그 덕분에 나는 몇백 년 동안 무덤 속에서 잠자고 있던 우리나라 최초의 한글 서간문을 직접 눈으로 확인할 수 있었고 그것이 내가 처음으로 접한 국어사 자료다.

그뿐 아니라 나는 과분하게도 퇴고의 과정에 있던 선생님의 저서 '해설 역주 언문지'의 교정을 도와 드리며 원고의 작성에서부터 탈고까지의 과정을 살펴보는 특혜를 누리기도 했다. 그때 보여 주신, 학자로서의 꼼꼼함과 논리의 치밀성은 국어학을 전공하는 나에게 두고두고 사표로 남아 흐트러지는 마음에 채찍이 되곤 한다. 그리고 내가 언문지(諺文誌)의 저자 유희(柳僖)의 스승인 현동(玄同) 정동유(鄭東愈) 선생의 자손이라는 사실과 서예를 연마하는 국어학도임을 잊지 말고 늘 언행을 삼가라는 말씀도 잊지 않으셨다. 그리고 말씀 끝에 자주 정동유 선생의 만필체 기록인 주영편(畫永編)의 내용에 대하여 말씀해 주셨다. 그 책에 기록된 내용들이 우리나라 한글 연구의 기초가 되었고 언문지의 이론적 토대가 되었다는 말씀이었다. 창밖에 눈발이 날리던 추운 겨울날, 선생님의 연구실에서 펜글씨로 쓴 육필 원고를 한 장씩 넘기면서 교정을 보던 일이 지금도 눈에 선하다.

시문에도 일가를 이루신 선생님께서는 제자들이 대한민국 미술대전 서예부에서 특선의 영예를 안을 때면 "꽃다운 이름이여, 아름답도다." 라고 노래하시며, 그때마다 모든 제자들에게 들려주고 싶은 구절이라고 말씀하셨다. 나는 스승님의 높은 뜻을 헤아리는 꽃다운 이름이고 싶다. 그러나 학문과 예술에 도무지 재주가 없는 나에게는 언제나 다가가려고 노력할수록 멀어져 가기만 하는 꽃다운 이름이다.

선생님께서는 내가 방문교수 자격으로 국외연수를 떠날 때도 훈민정음(訓民正音) 영문본을 손에 쥐여 주시며 우리 민족의 자존심을 일깨워 주셨다. 우리 한글의 제자원리와 우수성을 미국 학자들에게 널리 알리고 돌아오라는 말씀이었다. 그 덕분에 나는 그곳의 대학과 한인회에서 몇 차례의 우리말 특강을 할 수 있었다. 연수를 마치고 미국에서 돌아와 미처 찾아뵙기도 전에 선생님께서 이 못난 제자를 찾고 계신다는 전화 연락을 받았다. 서둘러 선생님 댁으로 달려갔다. 말없이 고개만 끄덕이시는 선생님 앞에 무릎을 꿇고 "선생님, 저 왔습니다."라고 울먹이다 곧바로 학교로 돌아와 서둘러서 강의실로 향했다. 그렇게 하는 것이 선생님의 가르침을 실천하는 길이기 때문이었다. 간신히 마음을 진정하면서 강의를 마치고 난 후 곧바로 연구실로 들어서자마자 전화벨이 급하게 울렸다. 영결(永訣)을 알리는 짧고 안타까운 벨소리였다.

한평생을 교육계에 몸담고 계시면서 교육과 사회 문화 발전에 큰 발자취를 남기신, 교육계와 학계의 큰 별이자 이 시대 마지막 선비 어른이신 선생님께서는 우리 민족의 얼을 상기시키기 위한 기념사업 등 각종 역사 문화 사업에 참여하면서 우리 주변에 수많은 금석문을 남기셨다. 그리고 외부 출강을 종결하신 후부터는 정심(正心) 정도(正道)의 표상으로서 조용한 실천궁행으로 제자들과 후학들에게 큰 가르침을 베풀어 오셨다. 산고수장(山高水長)의 기품과 무언의 가르침으로 제자의 어리석음을 일깨워 주시던 선생님, '민족정기와 사회 양심에 어긋나지 말라'고 당부하시며 하늘을 우러러 두 눈을 지그시 감으시던 동천 선생님은 내 평생의 영원한 스승이시다.

무심어부(無心漁夫)의 청정자비(淸淨慈悲)

평생토록 잊지 못할 스승이 계시다는 것은 참으로 커다란 행복이다. 수십 년을 교육계에 몸담고 있으면서도 훌륭한 스승 역할을 못하고 있지만, 내게는 잊지 못할 평생의 은사가 계신다. 불세출의 서예가로서 어두운 시대를 가파르게 살다 가신 우송(又松) 선생님이시다. 당시 서예의 불모지라고 할 수 있는 우리 지역의 선구적 서예가로 외롭게 활동하면서 서예 발전의 기틀을 마련하신 분이다.

서예에 흥미를 느끼던 학창 시절, 나는 동천(東泉) 선생님의 권유에 따라 우송 선생님 문하에서 공부하게 되었다. 틈나는 대로 쇠내개울[金川]을 따라 올라가 서재 송향대(松香臺)로 선생님을 찾아뵙는 일은 숨조차 제대로 쉴 수 없는 외경의 순간들이었고, 그 시절 선생님의 가르침은 평생의 보물로 내 가슴속에 간직되어 있다.

선생님께서는 모든 어려움을 안으로만 삼키시고 제자들의 어리석음을 얼핏 웃음으로 흘리시는 너그러운 분이셨다. 그러나 예술적 고뇌와 교육열은 처절할 정도여서, 문하생들이 송향대에서 무릎을 꿇고 새벽을 맞은 날들이 많았다. 선생님께서는 제자들이 밤을 지새우며 써서 가지고 온 임서(臨書) 작품을 보시고 한마디 말씀도 없이 정적이 흐르는 가운데 붓을 들어 실연해 보임으로써 제자들을 깨우치려 하셨다.

어육을 멀리 하는, 도인의 금기 생활 속에서 수정처럼 맑은 결정을 이루어 내신 선생님께서는 서예 분야에서 수많은 수상의 기록을 가지고 계셨고, 일본과 중국의 서단에서도 한국의 명필로 추앙받으셨지만 한 번도 제자들에게 공개하지 않으셨다. 그렇게 말없이 겸허를 깨닫게 하였고, 뜰 앞에 작은 화단을 만들어 송백을 아낌으로써 송향대를 드나드는 젊은이들에게 은근히 지조와 절개를 가르치셨다.

어느 일요일 오후 선생님께서는 법첩에서 상선(上善)과 관련된 한 구절을 임서하신 후, 서법(書法)의 어두운 밤길 속에서 헤매고 있는 나에게 '율리(栗里)'라고 사호(賜號)하셨다. 무르고 어리바리한 나를 속이 꽉 찬 알밤처럼 여물도록 하고자 하신 뜻이리라. 나의 호는 선영이 있는 고향의 자연마을 이름인 '방까실[栗枝洞]'의 뜻과도 기가 막히게 맞아떨어졌다. 사호식을 마친 후 나는 지금까지 그 호를 가슴속에 소중하게 간직하고 있다.

선생님께서는 서예 활동을 하시면서 우송 이외에도 낙우도인(樂愚道人)과 무심어부(無心漁夫)라는 별호를 즐겨 쓰셨다. 그 시절 서예 연구실에서 이루어지는 선생님의 지도는 정해진 시간이 지나도 곧바로 끝나는 일이 드물었다. 대개는 운필의 기법이나 서도인의 마음가짐에 관한 이야기로 이어지곤 했다. 그럴 때마다 선생님은 붓을 들어 버려진 화선지 조각에 낙서를 하면서, 왜 어리석은 듯 도를 닦아야 하는지와 늘 깨끗한 마음으로 남을 배려해야 하는지를 말씀하시곤 했다. 말씀의 깊은 뜻을 모르면서도 고개를 끄덕이며 이해하려고 노력하는 모습이 대견했던지 선생님께서는 서체를 바꾸어 가며 여러 차례 '청정자비(淸淨慈悲)'라고 쓰시면서 기필과 결구의 기법을 익히도록 하셨다.

청정자비! 스승의 날을 지나면서 옛날 선생님께서 말씀하셨던 그 의미를 다시 생각해 보았다. '청정(淸淨)'은 속세의 번다(煩多)함을 떠남으로써 더럽거나 속되지 않아서 마음이 맑고 깨끗함을 의미하며, '자비(慈悲)'는 사랑하고 가엾게 여김을 뜻한다. 이들은 불교적으로 더 깊은 뜻을 가진다. 청정은 스님이 지켜야 할 율법인 계율(戒律)을 지키면서 계행(戒行)이 조촐해서 번뇌나 사욕으로부터 벗어나 죄가 없이 깨끗하다는 뜻이고, 자비는 부처나 보살이 중생의 고통을 덜어주고 안락하게 해 주는 일을 뜻한다. 자비는 결국 '사랑'이라는 뜻으로 해석된다. 다정다감하고 섬세한 여성적 사랑을 '자(慈)'라고 한다면, 거친 듯하지만 웅혼하고 깊이 있는 남성적 사랑을 '비(悲)'라 할 수 있을 것이다. 자비는 '네 이웃을 사랑하라'는 기독교의 박애(博愛) 정신과도, '남을 사랑하는 것(愛人)'이라 말한 공자(孔子)의 인(仁) 사상과도 일맥상통하는 말이다.

선생님께서는 '청정자비(淸淨慈悲)'라는 자그마한 행서(行書) 작품을 몇 점 만들어 낙관(落款)하신 후 나에게 특별히 건네주셨다. 그 뜻을 새기면서 십 년 이상만 간직하면 마음에 얻는 바가 클 것이라고 말씀하셨다. 그러나 본디 아둔한 나로서는 십 년 세월이 흘러도 깨우치는 게 별로 없었다. 그러고도 또 십 년이 지났으니 이십 년 세월을 축낸 셈이다. 예전의 선생님 말씀처럼 이 작품들이 누구에겐가 아주 요긴할 듯해서 조심스럽게 다시 꺼내 펼쳐 본다. 때 늦은 감이 있지만, 지금이라도 누군가 필요한 사람에게 전해 주고자 함이다.

　선생님께서는 이미 오래 전에 우리 곁을 떠나가셨지만, 손수 남기신 금석문과 무수한 묵적들은 후학들을 바른 길로 인도하는 영원의 등불이 되고 있다. 중앙공원을 비롯하여 옥산 강감찬 장군 묘소와 진천 길상사, 청풍문화재 단지 등 여러 곳에 남겨진 선생님의 필적을 답사하노라면 다시금 감회가 새롭다. 그래서 옷깃을 다시 여미고 묵념을 올리게 된다. 송향대 앞뜰에서 붓을 잡으시고서는 그 신비로움과 외경의 세계에서 이따금 하늘을 우러러 묵상에 잠기시던 모습이 지금도 눈에 선하다.

가족의 소중함

　우리의 삶에서 가정을 꾸리는 일은 무엇보다 소중하다. 가족은 때로 다투며 살아가도 서로가 행복을 주는 원천이기 때문이다. 가족의 형성은 젊은이들의 결혼으로부터 시작된다. 그러나 불행하게도 최근 우리나라는 독신주의자들이 늘어가고 있다. 통계청 자료에 의하면 앞으로 몇십 년 후에는 일인 가구가 전체 가구의 36퍼센트 정도로 늘어날 전망이라고 한다. 그뿐 아니라 현재 인구 수준을 유지하기 위한 최소한의 비율에 밑돌 정도로 기혼 여성들의 무자녀 비율이 늘고 젊은 부부들의 기대 자녀 수가 줄어들고 있다. 지금과 같은 추세라면 얼마 안 가서 전통적 형태의 가정은 일인 가구의 절반에도 못 미치게 된다. 결과적으로 부부 사이나 부모와 자녀 사이의 가족 관계가 무너지는 것이다.

　인간은 사회적 동물이다. 태어나면서부터 가족 관계가 형성되고 성장과 더불어 사회 집단 속에서 서로 관계를 맺으며 생활하게 된다. 그러는 가운데 자연스럽게 자신이 속한 사회의 언어와 문화를 습득하여 타인과 소통하고 서로 협동하며 살아간다. 인간의 협동은 계기적(繼起的)으로 이루어지기 때문에 다양한 활동과 그 결과물이 지속적으로 축적되고 끊임없이 전승되면서 새로운 문화를 형성한다. 그래서 인류는 나날이 발전해 나가는 것이다. 언뜻 인간은 개개인으로 존재하는 듯이 보이지만, 실제로는 가족을 비롯하여 사회와의 유기적 관계 속에서 성장하며 살아간다.

물론, 여럿이 모여서 집단 활동을 한다고 해서 모두가 사회라고 불리지는 않는다. 인간이 모여서 사회를 형성하듯이 특정한 환경에서 서로 유기적 관계를 맺으면서 무리를 이루어 살고 있는 동일 종(種)의 개체군(population)들도 있다. 이를 군집(群集)이라고 한다. 군집 생활은 인간의 창조적 활동과는 달리 먹이와 서식지의 확보 등 생존을 위한 본능적 활동으로서 사회생활과는 차이가 있다. 예를 들어, 개미와 꿀벌은 예나 지금이나 떼를 지어 모여 살고는 있지만, 늘 같은 정도의 집을 지을 뿐 인간들이 짓는 초고층 건물처럼 놀라운 발전을 이룩하지는 못한다. 발전적인 사회를 형성할 수 있는 능력은 인간만이 가지고 있는 커다란 강점인 셈이다. 그리고 그 인간 사회는 가족으로부터 시작된다.

그런데 요즘 우리 사회는 개인주의가 대세라고 한다. '혼밥, 혼술, 혼영, 혼행, 혼공'이나 '솔캠'처럼 낯선 신조어들까지 등장했다. 신조어는 까닭 없이 만들어지지 않는다. 거기에는 시대상과 사회상이 깃들고 그것을 즐기는 세대들의 세태가 그대로 반영되기 때문이다. 게다가 개인주의를 부추기는 다양한 상품과 서비스가 생겨나고 있다. 이와 같은 풍조 속에서 혼자만의 생활을 즐기는 사람들을 흔히 '나홀로족'이라고 한다. 누군가와 더불어 무엇을 먹고 즐기는 것은 그 활동을 매개로 하여 상대방과 관계를 맺고 유지하는 일이다. 행복한 삶의 개념은 개개인의 가치관에 따라 다르겠지만, '나홀로' 문화는 자칫 인간관계를 깨뜨리는 결과를 가져올 수도 있다. 인간으로서 이웃과 사회 구성원을, 나와 더불어 사는 '우리'로 인식하여 서로 관계를 맺고 살아가는 일은 무엇보다 중요하다.

예로부터 우리 사회는 네 가지 궁한 처지인 환과고독(鰥寡孤獨)을 사궁(四窮)이라 해서 경계해 왔다. 늘어서 아내 없는 사람, 젊어서 남편 없는 사람, 어려서 어버이 없는 사람, 늙어서 자식 없는 사람을 일컫는 말이다. 이들은 모두 온전한 가정을 이루지 못하여 외롭고 의지할 데 없는 처지에 놓인 사람들이다. 우리 주변에서는 이런 처지의 사람들을 늘 불쌍하게 여겨 왔다. 그런데도 불구하고 오늘날 젊은이들 사이에서 장래에 자신을 이처럼 어려운 처지에 놓이게 할지도 모르는 개인주의가 팽배하고 있다니 안타까운 일이다. 그리고 그 주된 이유 중의 하나가 생활고 때문이라니 이런 환경을 만들어 놓은 기성세대로서 책임감을 느낀다. 그러고 보니 청년 취업을 비롯하여 출산과 경력 단절 문제 등 우리 사회가 해결해야 할 일이 한두 가지가 아니다. 이유가 무엇이든 우리 사회에 개인주의 풍조가 확산되어 가는 것은 서글픈 일이다. 먼 미래에 그들이 돌아가야 할 포근한 곳이 없어 보이기 때문이다.

이 풍진 세상 살다 보면 누구나 어쩔 수 없이 겪게 되는 아픔이 있고 그것은 지울 수 없는 상처를 남기기 마련이다. 이때 조건 없이 달려와서 이해와 사랑으로 포근히 감싸 안으며 절망을 딛고 일어설 수 있도록 희망을 주는 사람이 바로 내 가족이다. 가족은 한평생 내 인생의 동반자다. 인생의 긴 여정에서 고단한 삶에 지친 나를 언제나 낯익은 눈물로 위로해 주고 생의 마지막 순간까지 내 곁을 지키며 담담하게 영결의 정한을 나눌 사람들이다. 그런데도 우리는 일상에서 그 소중함을 잊고 산다. 여우도 죽을 때는 고향이 그리워서 자기가 살던 굴 쪽으로 머리를 둔다는 '수구초심(首丘初心)'이라는 말이 있다. 이런 마음이 인지상정인데, 늘그막에 돌아갈 곳이 없다면 얼마나 서글픈 일인가. 뒤늦게나마 우리의 젊은이들이 '나' 아닌 '우리'와 가족의 소중함에 더 큰 가치를 두고 스스로 사궁의 처지가 되는 일이 없기를 소망한다.

이동전화와 의사소통

　우리나라는 이동통신 기술의 선진국이다. 세계 어느 곳을 가 보아도 이동전화를 우리처럼 편리하고 다양하게 활용하는 나라는 좀처럼 찾아보기 힘들다. 불과 반세기 전만 해도 전화를 소유한 가정이 거의 없었고, 추첨을 통하여 한정된 수의 전화를 일반 가정에 보급하던 상황이었음을 생각해 보면 정말 놀라운 발전이다. 몇 안 되는 보급 예정 전화번호에 당첨되기를 기대하며 흙먼지 날리는 공설운동장에서 줄을 선 채밤새워 기다려 본 사람이라면 더욱 감개무량할 것이다.

　흔히 스마트폰이라고 불리는 이동전화는 기술의 발달로 인하여 언어를 통한 의사소통 수단뿐만 아니라 그 이상의 다양한 기능을 갖게 되면서 현대인의 생활필수품처럼 사용되고 있다. 그렇다 보니 둘이 마주앉아 대화를 하면서도 이동전화 화면을 자주 확인하는 모습이 보이기도 하고, 나이가 지긋한 사람들이 모여 앉아 담소를 나누는 가운데서도 안경 너머로 이동전화 화면을 넌지시 바라보는 광경이 낯설지 않게 되었다. 그러나 이처럼 이동전화에 얽매이면서 나누는 대화를 진정한 의사소통이라고 할 수 있을까? 물론, 이동전화는 상대방과의 메시지 교환이

나 다양한 정보 검색을 실시간으로 시간적·공간적 제약 없이 수행해 낼 수 있는 순기능을 가지고 있다. 더욱이 스마트폰은 현대의 기술이 집약된 인류 최고의 발명품으로서 그 중요성을 누구도 부인할 수 없다. 게다가 문명이 발달할수록 끊임없이 다양하고 편리하게 발전할 것이며, 그 쓰임도 확대되어 우리의 삶 속으로 더욱 깊이 파고들 것으로 예상된다.

이동전화의 사용이 보편화되다 보니 인파로 붐비는 거리에서 남을 의식하지 않고 통화에만 집중하여 거리의 질서를 깨뜨리는 모습이 자주 눈에 띈다. 그뿐 아니라 공공장소에서 큰 소리로 통화하여 다른 사람들에게 피해를 주기도 하고 심지어는 남의 일을 방해하는 지경에까지 이르기도 한다. 우리는 종종 정해진 시간 동안 어쩔 수 없이 함께 있을 수밖에 없는 버스 안에서 이동전화로 끊임없이 통화하는 사람을 보게 된다. 할 수 없이 그 목소리를 들어야 하고 들어 보니 별것 아닌 내용으로 한 동안을 시달려야 한다. 예절의 기본은 상대방을 배려하는 마음에서부터 시작된다. 문명의 이기를 편리하게 사용하여 효율을 높이는 것은 바람직한 일이다. 그러나 편리한 만큼 그 사용 예절을 잘 지켜서 주변 사람들에게 불쾌감을 주는 일이 없어야 할 것이다.

이동전화로 통화할 때는 주변을 잘 살펴보고 다른 사람들에게 피해를 주지 않는가를 먼저 확인하고 통화해야 한다. 버스 안이나 지하철 안과 같이 많은 사람들이 모여 있는 곳에서나 여러 사람들이 이용하는 공공장소에서는 목소리를 낮추어서 용건만 간단히 통화하는 것이 좋다. 물론, 공공장소에서는 가급적 통화를 하지 않는 것이 좋지만, 어쩔 수 없이 통화를 해야 하는 상황이라면 전화기와 입을 한 손으로 가리면서 나직하고 작은 소리로 짧게 통화하는 것이 바람직하다.

대부분의 경우에는 수화자가 전화를 받는 그 시점에서 어떤 환경에 처해 있는지를 알 수 없기 때문에 상대방이 전화를 받을 수 있는 형편인지를 확인하는 것 또한 중요하다. 누구나 아주 조심스럽고 어려운 자리에 있을 때는 이동전화의 착신을 감지하더라도 바로 응대할 수 없기 때문이다. 상대방이 전화를 받을 수 없는 상황이라는 것을 알게 되면 즉시 전화를 끊고 기다리거나 통화하기 좋은 시간에 다시 거는 배려의 마음이 있어야 한다.

공연장이나 영화관, 또는 회의장 등처럼 소음이 있어서는 안 되는 장소에서는 이동전화의 전원을 꺼 두거나 소리가 들리지 않도록 하는 것이 좋다. 아울러 자동차 운전 등 특별히 주의를 요하는 행동을 하면서는 통화를 자제하고, 병원이나 항공기 안처럼 정밀한 전자기기의 작동에 영향을 줄 수 있는 환경에서는 아예 이동전화의 전원을 꺼 두어야 한다.

이동통신 기술이 발달하면서부터 지켜야 할 일도 많아졌고 우리의 삶은 더욱 복잡하게 변하였다. 의사소통 방법이 다양해지고 정보 전달 측면에서는 가히 폭발적인 변화를 가져왔다. 그러나 또 다른 측면에서 보면 우리 현대인은 구조적으로 기계에 의해 항상 감시를 받아야 하는 처지에까지 놓이게 되었다. 스마트폰에서 시도 때도 없이 울리는 각종 신호음은 엄청난 정보를 제공해 주는 동시에 우리의 정신을 분산시켜 집중력을 떨어뜨리기도 한다. 그러므로 지금은 문명의 이기를 잘 활용하되 새로운 질서 속에서 사람과 사람 사이의 진정한 의사소통 구조를 모색해야 할 때가 아닌가 싶다.

인간의 의사소통은 본질적으로 화자와 청자의 상호작용에 의해서 이루어지므로 상대방을 배려하는 마음이 무엇보다 중요하다. 편리함에 이끌려서 문명의 이기에 지나치게 의존하는 것보다는 상대방의 인식 세계로 파고들어 생각과 느낌을 공유하는 공감적 대화가 필요하다 하겠다. 이를 위해서는 음성언어와 문자언어를 넘어서 표정과 눈빛으로까지 말하고 듣는 진지한 소통의 태도가 바람직하다.

천재(天災)와 인재(人災)

　얼마 전 우리 지역에 엄청난 폭우가 쏟아졌다. 극심한 가뭄으로 애를 태우며 단비를 기다리던 농심을 처참하게 짓밟아 놓았을 뿐만 아니라 가옥을 초토화시켜 삶의 터전을 앗아가기도 했다. 폭우가 쏟아지기 전에는 가뭄으로 많은 농작물들이 말라죽거나 제대로 성장하지 못하여 수확조차 어려울 지경에 이르렀다. 잡초마저도 제대로 자라지 못할 정도의 가뭄이었으니 농작물 피해는 이루 말할 수 없었다. 그런 가뭄 끝에 조금씩 떨어지는 빗방울을 고맙게 반기며 겨우 해갈을 기대하고 있었는데 갑작스런 물폭탄이라니 하늘이 무심하다 할 수밖에, 정말 어처구니없는 일이었다.

　우리 지역은 예로부터 자연 재해의 피해가 별로 없었던 지역이다. 산세가 수려하고 자연스러워서 산사태가 거의 없고 물길이 자연적 흐름에 어긋나지 않아서 큰비가 내려도 수해를 입지 않았다. 해마다 장마가 지나고 나면 수재 의연금을 모금하여 타시도로 보내주곤 하던 우리 지역이다. 이는 오래 전 이곳에 삶의 터전을 마련하여 평온한 삶을 후손에게 물려준 조상들의 덕분이다. 그런 우리 지역에 얼마 전 기상관측 이래 하루 최고 강우량으로 기록되는 비가 쏟아지는 엄청난 재앙이 닥쳐온 것이다.

자연의 변화로 발생하여 사람으로서는 어쩔 수 없이 당할 수밖에 없는 재앙을 천재라고 한다. 이번에 우리 지역을 휩쓸고 간 폭우의 재해는 천재라고 할 수 있다. 그러나 사람으로서는 어쩔 수 없으니 당하고만 있어야 하는 것은 아니다. 우리 조상들은 오랜 경험을 바탕으로 물가에 살아도 신중하게 고려하여 수해를 면했고, 무너질 위험이 있는 곳을 피하고 양지바른 곳에 거주하여 안전을 도모해 왔다. 그렇게 해서 자연스럽게 형성된 촌락이 오늘날의 자연마을이 되었을 것이고 우리는 이곳에서 대대로 평화롭게 살아왔다. 조상들의 아주 단순한 선택과 결정처럼 보이지만, 세상을 넓게 보는 슬기와 기본에 충실한 삶의 자세로 인하여 지금까지 천재의 위험을 피해 온 것이다.

천재와 달리 사람의 인위적 활동에 의하여 일어나는 재앙을 인재라고 한다. 사람이 원인 행위를 하지 않으면 인재는 발생하지 않는다. 그렇다면 얼마 전 우리 지역의 수해를 온전히 천재라고만 할 수 있을까. 이 기회에 작금의 우리 주변 모습을 돌아보자. 산업단지와 공업단지 조성을 비롯하여 아파트단지와 전원주택단지라는 명목으로 얼마나 많은 산과 언덕이 깎여 나가고 도로 건설로 얼마나 많은 문선옥답이 사라지고 있는가. 이와 같은 인위적 활동에 의하여 금수강산이 빼어난 자태를 잃어가고, 빗물을 적절히 흘려보내면서 머금고 있다가 필요할 때에 천천히 다시 돌려주던 우리의 산과 들이 적잖이 사라지고 있다. 게다가 하천을 정비한답시고 오랜 세월 동안 알맞은 유량과 유속에 따라 자연스럽게 굽이굽이 흘러온 물길을 인위적으로 돌려놓아 화를 자초한 곳도 있다. 이렇게 자연을 훼손하다 보니 큰비가 내리면 산사태와 하천 범람의 가능성이 높아지고 빗물이 스며들 곳이 없어 아스팔트 위로 세차게 쏟아질 수밖에 없다. 폭우로 인한 수해 또한 인위적 자연 훼손과 무관하지 않으니 이를 천재라고만 할 수는 없는 노릇이다.

기록적인 물난리를 계기로 청주시에서는 뒤늦게 조례를 개정하여 수재민들을 지원하겠다고 했다. 당연한 일이다. 비록 소는 잃었지만, 외양간도 고치고 지금부터라도 제대로 된 외양간을 지어야 할 것이다. 청주시가 많은 예산을 들여 설치한 우수저류시설은 물난리로 효용성에 의문이 제기되었다. 빗물이 설계 용량에 채 미치지 않은 상태에서 침수가 일어났기 때문이다. 그리고 설계도 문제지만 제반 시설의 사후 관리도 철저히 해야 하고, 사고의 수습도 신중하게 해야 한다. 진흙탕에 범벅이 된 이불을 빨고 있는 주민들에게 그래도 우수저류시설이 있어서 피해를 줄였다고 항변하는 것은 정말로 무책임한 태도다. 물난리가 난 후에야 뒤늦게 호우경보를 내리고 국지성 호우는 어쩔 수 없다고 말하는 기상청의 태도와 별반 다를 바 없기 때문이다.

수천 년 동안 이곳에 터를 잡고 큰 자연 재해 없이 살아왔는데 문명이 고도로 발달한 현대에 와서 오히려 더 큰 수해를 당한 데에는 자연의 질서를 거스르는 무분별한 개발행위도 한몫했을 것이다. 우리 주변에서 왜 그렇게 많은 산자락이 잘려나가야 하고 농토가 메워져 포장이 되어야 하는지 모르겠다. 물론, 생산성과 편리성 측면에서 불가피한 이유도 있겠지만, 국토를 개발하되 주민들의 안전을 먼저 생각하여 신중하게 해야 한다. 한 번 훼손하기는 쉬워도 다시 돌려놓기 어려운 게 자연이다. 수해를 막기 위한 우수저류시설도 중요하지만, 그에 앞서 높은 곳에서 낮은 곳으로 좁은 곳에서 넓은 곳으로 자연스럽게 흘러가는 물 흐름의 순리를 깨뜨리지 말아야 한다.

본디의 모습과 기능을 잃어가는 금수강산을 바라보면서 우리는 먼저 각종 개발행위의 허가와 관리 감독을 관장하는 당국을 원망하게 된다. 누구나가 언뜻 보아도 그 자리에 그냥 있으면 더없이 아름다울 산자락 위를 중장비들이 부지런히 오가는 모습을 볼 때마다 왜 관청에서는 저런 행위를 분별없이 허가했을까 하는 생각을 하게 된다. 대부분의 경우 그러한 행위로 인하여 강토의 괴손은 말할 것도 없고 주변의 많은 지역이 연쇄적으로 수해를 당할 수 있기 때문이다. 지금부터라도 우리 삶의 가장 기본적 터전인 소중한 자연을 있는 그대로 보존하기 위하여 가능한 최대의 노력을 기울여야 할 것이다.

숲은 생명의 근원

숲은 생명의 근원이다. 오랫동안 시간과 공간이 켜켜이 쌓여서 이루어진 숲에는 온갖 생명체가 깃들어 조화를 이루면서 공존한다. 그뿐 아니라 숲은 맑은 공기와 깨끗한 물의 공급원이자 아름답고 쾌적한 쉼터로서 삶의 질과 행복지수를 높이는 데 크게 기여한다. 우리는 언제 어디서나 청산과 녹수라는 말을 떠올리기만 해도 머리가 맑아지고 가슴이 시원해지는 청량감을 느낀다. 숲이 인류의 삶에 베풀어 주는 혜택은 아주 다양하고 크기 때문에 어느 시대를 막론하고 숲의 근간인 치산치수(治山治水)는 성군의 덕목으로서 백성들의 삶을 윤택하게 해 왔다.

숲을 이루고 있는 녹색식물은 이산화탄소를 흡수하고 광합성 작용으로 산소를 만들어 방출함으로써 생명체들이 건강하게 살아갈 수 있는 환경을 조성해 준다. 그리고 탄수화물을 합성하여 열량을 제공함으로써 지구상의 많은 생명체를 생존하게 한다. 생존의 문제와 더불어 뿌리 깊은 나무가 무성하게 우거진 숲은 큰비가 내려도 산사태와 홍수를 거뜬히 이겨내고 빗물을 적당량 머금고 있다가 필요한 만큼 조금씩 서서히 흘려보내 가뭄을 극복한다. 또한 숲은 우리에게 휴식과 치유의 공간이 될 뿐 아나라 인류의 삶에 필수불가결한 산림자원을 끝없이 제공해 준다.

누구든지 잠시라도 푸른 나무 그늘 아래 서 있거나 숲속으로 난 길을 걸으면, 초록빛에 흠뻑 젖어 신선한 생동감을 맛보게 된다. 아울러 속세의 번다함을 잊고 자연과 하나가 되어 무한한 자유와 여유를 갖게 된다. 그래서 도시 생활에 지친 현대인들은 종종 푸른 숲을 바라보며 언젠가는 도시를 떠나 자연이 베풀어 주는 쾌적한 환경에서 여유롭게 피로를 풀며 마음의 안정을 찾고 싶어 한다. 때로는 숲속에 널려 있는 약용식물들이 건강을 지켜 주고 온갖 질병을 치유해 준다는 데에 귀가 솔깃해지기도 한다. 그런 이유로 요즘 텔레비전에서 방영되는 내용 가운데 청산에 깃들어 사는 자연인의 생활을 소재로 하는 프로그램들이 인기를 끌고 있다.

언젠가 경찰청 항공대의 도움을 받아 헬기를 타고 속리산 문장대를 한 바퀴 돌아본 적이 있다. 산림자원을 구경하기 위해 수직으로 상승 강하를 반복하면서 숲을 둘러보았다. 말 그대로 울창한 숲이었다. 이처럼 우리나라의 산은 대부분 숲이 우거져 있다. 산림녹화 정책이 주효한 결과 벌거숭이 민둥산은 옛말이 되어 버렸다. 이는 지난 반세기 동안 피나는 노력의 결과다. 나의 유년 시절만 해도 우리 국토의 절반 이상이 벌거벗은 민둥산이어서 자주 수원(水源)이 고갈되어 가뭄에 시달리고 큰비에는 홍수로 농경지가 유실되어 그 해 농사를 망치는 일이 많았다. 그 시절 대부분의 가정에서는 땔감으로 나무를 사용했기 때문에 집안의 젊은이 한 사람은 매일 지게를 지고 산으로 가서 나무를 한 짐씩 해 왔다. 게다가 일제강점기를 지나면서 산림자원이 수탈되었고 이어진 한국전쟁의 포화는 우리의 금수강산을 민둥산으로 만들어 버렸다. 숲이 사라짐에 따라 공기와 토양이 황폐해지고 옥토가 척박한 땅으로 변하여 국민들의 삶이 궁핍해졌고 야생 동식물마저 서식지를 잃었다.

이와 같은 벌거숭이 민둥산을 나무가 우거진 숲으로 가꾸기 위해 우리 국민들은 무진 노력을 기울였다. 정부에서는 주택 난방 방법을 개선하여 땔감으로 인한 숲의 훼손을 막는 동시에 산림청을 신설하여 산림 자원을 관리하고 지속적으로 국토 녹화 사업을 벌였다. 심지어는 사방 관리소라는 기관을 두어 토사의 유출을 방지했다. 그러나 벌거숭이 민둥산에다 나무를 심는 것은 고사하고 흘러내리는 흙모래를 막아내는 데 급급하여 초등학교 저학년까지 이른바 사방공사에 동원되었다. 가슴에는 늘 애림녹화 리본을 달고 다녔고, 방학 내내 산야를 뛰어다니며 풀씨를 훑어서 모아 오는 방학 숙제를 해야 했다. 그뿐이 아니다. 소나무를 보호하기 위하여 고사리 같은 어린 손들은 오전 수업 후 인근 야산의 소나무 숲으로 몰려가서 나뭇가지를 꺾어 만든 젓가락으로 송충이를 잡아내야 했다. 그 시절부터 대학 입시를 준비하던 때까지 식목일이면 어김없이 책가방 대신 삽과 괭이를 들고 등교하였으니 우리 국민 모두가 달려들어 민둥산을 울창한 숲으로 가꾸어 온 셈이다.

그 결과 우리나라는 개발도상국에서 경제성장과 산림녹화를 동시에 이룬 최초의 국가로 손꼽힌다. 지금도 나무를 심고 가꾸려는 노력이 계속되고 있다. 그러한 노력과 함께 이제부터는 울창한 숲을 관리하고 보존하는 일에 관심을 두어야 한다. 살기 좋은 나라들은 대부분이 도심에까지 숲을 조성하여 맑은 공기와 쾌적한 환경을 유지하면서 국토의 난

개발을 엄격히 규제한다. 이에 비해 현재 우리나라의 과도한 산업단지 조성과 도시화로 인한 산림 훼손이나 공해는 숲의 공익적 기능을 크게 위협하고 있다. 숲은 생명의 근원이다. 국토에 나무를 심고 숲을 아름답게 만들어야 국가가 더 건강해진다. 숲속에서 온갖 생명체들이 자연의 질서에 따라 순환하면서 공존하듯이 국토 개발과 자연의 보존은 조화와 균형을 이루어야 한다. 국가가 발전할수록 우리의 미래를 위해 나무를 잘 가꾸고 숲을 보전하는 일에 더욱 힘써야 한다.

교원 수급 정책 유감

흔히 교육을 국가의 백년대계라고 한다. 사람을 가르쳐 사람답게 길러내고 인재를 육성하여 미래를 준비하는 과정이기 때문이다. 그래서 교육은 목전의 결과에만 집착하지 말고 반드시 먼 앞날을 내다보고 계획을 세워야 한다. 배우고 가르치는 일은 매우 어렵고 힘든 것이어서 흔히 교육에는 왕도가 없다고 한다. 다기망양(多岐亡羊)의 교학 활동이 단순하게 이루어질 수 없고, 누구에게나 가능한 듯 보이지만 제대로 배우고 가르치기란 참으로 어렵다는 말이다.

이처럼 어려운 일에 뛰어들어 사명감과 책임감을 가지고 교육계에 헌신하려는 일념으로 진로를 정한 청년들이 바로 교사 지망생이다. 교사는 학생들과 가장 가까운 거리에서 제반 교육활동을 수행하는 교육자이므로 가장 직접적이고 큰 영향을 끼치게 된다. 이들 교사가 교육의 일선에서 교육자의 양심에 따라 방향과 속도와 난이도를 잘 조절해 주어야 교육이 성공적으로 이루어질 수 있다. 교육에서는 교사의 역할과 임무가 매우 중요하기 때문에 교사가 되려면 소정의 과정을 이수하고 임용시험에 합격해야 한다. 현재의 임용시험은 교사의 등용문이다.

그리고 교육부와 교육청은 교사 지망생들이 안심하고 공부에 정진할 수 있는 여건을 마련해 줄 의무가 있는 행정 기관이다. 그럼에도 불구하고 언젠가 불거졌던 교사 양성 정책과 행정 처리를 보면 실소를 금할 수 없다. 교원 수급 현황에 대한 고려가 없이 과도한 인원을 선발하여 수백 명이 임용시험에 합격하고도 발령 대기 상태에 머물던 적이 있었다. 학령인구는 줄어드는데 교사의 수를 늘려 놓았으니 당연히 예고된 일이었다. 그래서 갑자기 초등교사 선발 계획을 축소 변경한다고 하여 교사 준비생들을 아연 멍멍해지게 했다. 교사 지망생들에게 교사 수급 계획이나 정책은 매우 민감한 문제다. 백년지계 국가시험 모집인원을 예고도 없이 갑자기 변경해 버리면 교사의 길만 바라보고 달려 온 준비생들은 혼란에 빠질 수밖에 없다.

　애당초 잘못된 교원 수급 정책에서 비롯된 문제임에도 불구하고 교육부는 발령 권한이 시·도 교육청에 있다는 이유로 책임을 전가했고, 해당 교육청은 청년실업 해소의 미봉책으로 일자리 창출을 위해 정부가 무리한 선발을 강요했기 때문이라고 했다. 결국 양쪽 모두 책임이 없다는 주장이었다. 교사 지망생들을 큰 혼란에 빠뜨려 놓고도 책임이 없다고 했으니 불행하게도 많은 교사 지망생들이 항의의 손팻말을 들고 거리로 나설 수밖에 없었다.

　최근의 교원 수급 정책에 관한 문제 제기는 주로 초등교사 준비생들로부터 시작되었지만, 중등교사 준비생들도 초등교사 준비생들 못지않게 어려운 처지에 놓여 있다. 학령인구는 감소하는데 지나치게 많은 인원이 중등 임용시험 응시 자격을 쥐득할 수 있기 때문에 과잉 공급이 불가피한 상황이다. 거기에다가 중등교육에서 기간제 교사가 차지하는 비중이 매우 높다. 그렇다 보니 중등교사 모집 경쟁률이 높아질 수밖에 없고, 기간제 교사의 처우 문제가 새로이 발생하게 된다. 무분별한 미봉책이 또 다른 문제를 불러온 것이다.

최근에는 1수업 2교사제가 대안으로 떠올라 활발히 논의되었다고 한다. 하나의 대안이 되는 것은 분명해 보인다. 그러나 그 제도로 인한 부작용을 철저히 검토하여 실효성 있게 준비해야 한다. 우리 교육 현장에서는 낯선 수업 방법일 뿐만 아니라 1수업을 진행하는 2교사가 어떻게 호흡을 맞춰 진행해 나갈 것이며 교사의 자율성이 얼마나 보장받게 될지 자못 의심스럽다. 또, 그 제도가 불필요하여 시행하지 않는 지역과의 교육적 형평은 어떻게 해결할 것인가도 걱정이 된다. 학생들에게 최적의 교실 분위기와 양질의 교육을 제공한다는 취지에서 교육 제도가 마련되어야지 발령 대기자의 적체 해소 방안으로서 새 제도를 도입한다는 것은 위험한 일이다. 그러므로 그 제도의 교육적 효과가 무엇인지, 그것이 공교육의 질을 높일 수 있는 방안인지 등을 면밀하게 검토하는 일이 우선되어야 한다.

도회지의 상황과는 달리 산간 도서의 벽지에서는 초등교사 임용시험 지원자가 모집인원에 미치지 못하여 아우성이란다. 이는 많은 교사 지망생들이 도회지 근무를 선호하기 때문이다. 임용시험 경쟁률이 지역별 선호도에 따라 차이가 나는 것은 어쩔 수 없다. 그러나 어느 지역이건 학령인구는 이미 정해져 있으므로 필요한 교사의 수를 미리 예측하는 것은 어려운 일이 아니다. 이제는 더 이상 교원 수급의 문제점을 단기적 졸속 계획과 미봉책으로 해결하려 해서는 안 된다. 정부가 서둘러 나서서 합리적이고 장기적인 대책을 내놓아야 한다. 우선은 현재의 가산점 제도를 지방의 특성에 맞게 현실화하고 교육 환경을 크게 개선하여 임용시험 지원자를 지방으로 분산시켜 지역적 균형을 유지하는 일에 힘써야 한다. 그리고 나서 우리나라의 학령인구에 따라 모집인원을 단계적으로 조정해 나가야 한다.

수난의 교수 시대

얼마 전 동창회 모임이 있었다. 모든 걸 다 내려놓고 부담 없이 자유롭게 떠들며 보내는 시간이어서 아주 행복했다. 그런데 일찌감치 거나하게 취한 한 친구가 술잔을 건네면서 뜬금없이 요새 대한민국 교수들 절반은 잘라야 된다며 한마디를 던졌다. 꼭 대꾸할 필요는 없는 것 같아서 멋쩍게 웃으며 지나쳤지만 왠지 그 친구의 말이 내 귓전을 떠나지 않았다. 당시 그 자리에 함께 있던 십여 명의 교수들도 아무 말이 없었다. 실제로 우리나라의 많은 대학이 문을 닫아야 하고 많은 교수들을 해임해야 하는 상황이 도래할지도 모른다. 불행한 현실이다. 예전에는 우리 사회에서 대학과 대학인이 지금처럼 가볍게 인식되지 않았다.

어느 시기부터인가 우리나라에 대학이 우후죽순처럼 생겨나기 시작했다. 자동차를 몰고 가다 보면 지금까지 보지도 듣지도 못한 낯선 이름의 대학 홍보 간판들이 끝없이 이어진다. 대학의 증가와 학령인구의 감소로 인하여 신입생 모집에 어려움을 겪다 보니 내실화된 교육보다는 대학 홍보에 열을 올리고 있기 때문이다. 그뿐 아니다. 입시박람회나 고교 방문 및 고교생 초청 행사 등 신입생 모집을 위한 홍보에 쏟아 붓는 노력과 비용은 엄청나다. 심지어는 신입생을 모셔 오기 위해서 방문하는 고교 교무실 출입문 앞에 '잡상인과 교수 출입 금지'를 써 붙여야겠다는 우스갯소리까지 듣게 되는 현실이다.

대학이 새로이 생겨났으니 대학교수의 수가 늘어난 것은 당연하다. 그러나 현재 우리나라 대부분의 대학들은 교육 활동에 필요한 만큼의 전임교수를 확보하고 있지 못하다. 그 이유 중의 하나가 인건비 때문이므로 전임교수 확보율이 낮을 수밖에 없고 많은 대학들이 궁여지책으로 신분상 차등을 두고 대학교수를 임용하고 있다. 현재 우리나라의 대학들은 교수들을 정년트랙과 비정년트랙을 비롯하여 교육전담교수, 강의전담교수, 산학협력전담교수, 겸임교수, 석좌교수, 대우전임교수 등 여러 종류로 나누어 임용한다. 이들의 서로 다른 임용 조건과 보수 체계는 상대적 박탈감을 야기할 뿐 아니라 보이지 않는 갈등의 요인이 되고 있다.

이처럼 대학교수의 위상이 대내외적으로 크게 흔들리고 있다. 그럼에도 불구하고 임용되기까지의 과정은 매우 험난하다. 학위과정을 거쳐야 하므로 다른 직종에 비하여 사회생활도 늦게 시작할 수밖에 없다. 임용 후에도 학생들을 가르치는 일 외에 할 일이 정말 많다. 강의 준비를 비롯하여 연구 활동과 대내외 봉사 활동을 성실히 수행해야 재임용도 되고 승진도 할 수 있다. 각종 위원회와 학회의 일에 시달리며 언론사로부터 인터뷰나 원고 청탁이 끝없이 이어진다. 학생들을 잘 가르치고 사제동행을 실천하며 좋은 글 한 편 써내는 것만도 여간 어려운 게 아니다. 대학교수라면 누구나 이런 일로 고뇌하며 남모르게 연구실에서 밤을 지새운 경험이 있을 것이다. 끝없이 자신과 싸워야 하는 정신적 피로감과 외적인 압박감은 겪어 본 사람만이 알 수 있다. 눈에 띄지 않는 무형의 가치라고 해서 이들의 피나는 노력을 과소평가해서는 안 된다.

대학교수의 책임 시수는 정해져 있고 일정한 시수 이상은 배정할 수 없도록 규정하고 있으므로 보통 하루에 두세 시간 강의를 한다. 이를 두고 그 나머지 시간엔 도대체 무얼 하느냐며 비아냥거리는 사람들도 있다. 모르고 하는 말이긴 하지만 교수들의 어깨에 힘이 빠지는 이야기다. 하기야 대학의 수가 늘어난 만큼 교수의 수도 늘어났으니 본분에 충실하지 않고 대외 봉사를 빌미로 밖으로만 나도는 교수들이 많아졌을 테고 시정에서는 그들이 주로 눈에 띄었을 테니 그렇게 볼 수 있다. 그러나 우리나라 대학의 교수들은 대부분이 학자의 양심을 가지고 연구실에서 본연의 임무를 충실히 수행하고 있다. 시정의 술자리에서 무책임하게 내던지는 말처럼 절반이 잘려 나가는 수난을 겪어야 할 그런 집단이 아니다.

지금은 무한경쟁의 시대다. 이 시대에 교수들이 개인의 능력과 노력에 따라서 차등 대우를 받는 것은 당연하다. 그러나 그것은 모든 교수들이 기본적으로 최소한의 대우를 보장받는 조건으로 임용된 이후에 개인별 업적에 따라 성과급을 받는 형식으로 이루어져야 한다. 현재 많은 연봉제 교수들은 기본적인 생활을 보장받지 못할 정도로 신분상의 차등에 따른 저임금과 과로에 시달리고 있다. 거기에다가 승진 요건이 까다로워서 엄청난 양의 논문을 발표해야 할 뿐만 아니라 제자들을 취업시켜야 하고 다양하게 사회봉사 활동을 수행해야 한다. 사정이 이렇다 보니 모든 교육 활동이 질보다는 양을 추구하는 양상을 띠게 되기도 하여 대학의 본질을 흐리고 있다.

　대학의 정체성은 학문하는 데에 있다. 평생 학문을 하겠다고 나선 대학인들이 마음 놓고 연구에 몰두할 수 있는 터전을 만들어 주어야 대학이 살고 국가도 발전할 것이다. 대학의 자율성을 최대한 보장하되 적은 임금으로 많은 교수를 채용하도록 유도하지 말고 정말로 유능한 학자들이 대학에 머물며 연구하고 가르칠 수 있는 환경을 조성해야 한다. 아울러 자격이 부족한 전직 고위층이나 유명인을 적당한 이름의 교수로 초빙하는 것과 같은 왜곡된 특별채용을 엄격하게 제한하여 대학인의 질을 관리하여야 한다. 교육과 연구와 봉사 등 교수 본연의 임무를 성실하게 수행하지 않는 사람은 대학에 머물러 있을 필요가 없다.

영어 공교육 다시 생각하자

국민은 누구나 공교육을 받을 권리와 의무가 있다. 그러므로 일정한 나이에 이르면 학교에 입학하여 의무교육 기간 동안 공교육을 받아야 한다. 공적(公的) 기관이 주체가 되어 공익 추구의 목적으로 운영되는 공교육은 개인의 판단과 결정에 의하여 이루어지는 사교육에 비하여 훨씬 더 큰 중요성을 띤다. 그렇기 때문에 공교육은 모든 학생과 학부모들이 그 목표와 방법에 공감하여 학교와 교사를 신뢰하고 따를 수 있도록 운영되어야 한다. 교육은 훌륭한 안목과 계획으로 시작하지 않으면 결코 좋은 결실을 맺을 수 없다. 최근 초등학교 저학년 영어 방과 후 수업 폐지와 관련된 학부모들의 항의 기사를 접하면서 공교육의 중요성을 다시 생각해 본다.

예전에는 중학교 입학시험에 합격하면 제일 먼저 잉크병과 펜을 준비하여 입학하기 전까지 영어 알파벳 대문자와 소문자를 인쇄체와 필기체로 쓰면서 익혔다. 이것이 보통 학생들이 해 오던 최초의 영어 공부 선행학습이었다. 그런 다음 학교에서 영어 교과서를 배부한 후부터는 새로운 단어와 숙어가 나오면 즉시 암기하면서 영문법 지식을 하나

하나 쌓아 나갔다. 그리고 고교 시절에는 거의 모든 학생들이 당시 최고의 권위를 자랑하던 영어 부교재 한 권 정도를 별도로 구입하여 개인적으로 몇 번이고 반복하여 공부했다. 무조건 암기해야 시험에 유리했기 때문에 우리는 매일매일 소위 '빡빡이'라고 하여 종이 여러 장의 앞뒤를 빼곡히 채워서 버려야 했다. 그 과정은 결코 쉬운 일이 아니었다. 대학에서 무엇을 전공하든 한국의 고교생이라면 누구나 영어 공부에 투자한 시간과 노력이 실로 엄청났다.

그런데도 많은 한국인들은 영어를 제대로 구사하지 못한다. 나의 경우도 국어학을 전공한다는 핑계로 위기 상황을 모면해 오고 있긴 하지만, 지금까지의 노력이 왠지 아깝고 씁쓸하다. 미국 대학에 방문교수(visiting scholar)로 일 년 동안 머물던 시절에 거의 무능에 가까운 영어 회화 실력이 나를 부끄럽게 했다. 각종 토론회 자리에 참석할 때마다 꿀 먹은 벙어리였으니 지금 생각해도 창피하기 짝이 없다. 더욱 놀라웠던 것은 말문이 막힌 사람은 나만이 아니라 거의 모든 한국인들이었다는 사실이다. 모두가 자기 나름대로 영어 고득점자들이고 미리 미국 체류를 준비해 온 사람들일 텐데 말이다.

부랴부랴 여가를 이용하여 대학의 영어 회화 강좌에 등록하고자 서류를 냈다가 또 한 번 놀랐다. 수준별 반 편성을 위해 수강 전에 치르는 예비시험에서 한국인들은 거의가 고득점자들이었기 때문이다. 실제로 그곳에서 이루어지는 영문법 강의는 거의 다 아는 내용이었으므로 배울 것이 별로 없었다. 나의 담당 교수인 크리스티나도 우리의 빠른 독서 속도와 영작문 과제물의 문법성을 보고 꽤나 놀랐었다. 그러나 문제는 항상 듣기와 말하기였다. 개인적으로 담소를 나눌 때는 상대방이 나의 수준에 맞게 응대해 줘서 대화가 편했지만, 그들 방식의 일상적 언어생활에 끼어들기란 여간 어려운 게 아니었다.

학창 시절에 엉덩이의 땀띠를 견뎌 내며 걸상에 진득하게 앉아서 영문법 서적들과 씨름해 온 우리들인데, 이 무슨 변고인가. 일차적으로는 공부를 잘하지 못한 나 자신에게 책임이 있다고 치더라도 억울함이 있는 건 분명하다. 우리는 학창 시절을 보내면서 영어 듣기와 말하기에 익숙하지 못했다. 모국어는 일상생활 속에서 자연스럽게 숙련되기 마련이지만 외국어는 그렇지 않기 때문이다. 결국, 영어 회화에서 어려움을 겪게 된 것은 듣기와 말하기를 외면한 영어 공교육에서 비롯된 문제로 판단된다.

이런 일을 경험한 사람일수록 국가의 영어 교육 정책에 민감한 반응을 보인다. 그래서 얼마 전에 교육부에서 초등학교 3학년 이전의 영어 방과 후 수업 폐지안을 발표하자 학부모들이 거세게 항의한 것이다. 사실 예전에는 중학교에 들어가서야 비로소 시작하던 영어 공교육을 초등학교 3학년부터 시작하는 것은 굉장한 변화다. 그리고 많은 전문가들이 지적하듯이 이 시기는 외국어 공부를 시작하기에 결코 늦지 않은 시기이다. 그런데도 많은 학부모들이 당국의 계획에 반발하며 나섰었다. 신뢰가 가지 않는 공교육에만 의지하다 보면 자기 자녀가 남에게 뒤처지게 될 것이 뻔하다는 인식의 팽배와 사교육비의 부담과 같은 경제적 이유 때문이다.

다행히도 구세대가 영어의 듣기와 말하기 교육에서 느낀 아쉬움 따위와 같은 케케묵은 문제들은 현대 영어 공교육에서 모두 해결되었다. 그러나 우리의 어린 학생들과 학부모들에게는 시대의 변화와 상황에 따라서 또 다른 고민과 요구가 생겨나고 있다. 국제화 시대에 영어의 필요성은 굉장히 크며 일상생활에서의 효용가치는 앞으로도 지속될 것이므로 자녀들이 어린 시절부터 영어를 자연스럽게 접할 수 있도록 해 주고 싶은 게 학부모 마음일 것이다. 교육부는 그 요구를 빨리 파악하여 대책을 마련하고 영어 교육의 목표와 방법을 재고할 필요가 있다. 지속적으로 이상적인 교육 정책을 개발하여 제시하고, 사교육 시장에서 나타나는 현실적 문제를 적극적으로 해결해야 한다. 규제를 위한 법제화에 앞서 공교육을 내실화함으로써 공교육이 사교육보다 더 알차며 효과적이라고 인정받을 때 모든 문제는 더 빨리 해결될 것이다.

새천년을 맞이하여

　문화의 발달은 인간의 계기적 협동에 의하여 이루어진다. 한 세대는 숱한 시행착오를 겪으면서 새로운 문화를 창조하여 다음 세대에 물려주고, 다음 세대는 이를 계승·발전시켜 또 다른 문화를 형성하게 된다. 이러한 문화유산의 전승에 힘입어 우리는 새천년의 찬란한 문화 위에서 많은 혜택을 누리며 오늘을 살아가고 있다. 어쩌면 우리 현대인들은 수천 년 역사의 질곡을 말없이 견디어 온 과묵하고 성실한 거인들의 어깨를 딛고 서 있는 어린아이에 불과한지도 모른다.

　긴장과 두려움으로 가슴 조이며 새천년의 첫날을 맞이한 지도 벌써 이십여 년이 지났고 드디어 완전히 새로운 시대가 열렸다. 목하 변화의 격랑은 여기저기에서 낡은 가치관에 안주하려는 일부 기성세대를 알게 모르게 압박해 오고 있다. 이러한 분위기에서 새로운 변화의 기류에 편승한 일부의 시각은 우리의 바람직한 전통적 가치관까지도 무조건 부정적으로 바라보는 경향을 띠기도 했다. 기성세대가 무엇보다도 견디기 힘들어하는 것 중의 하나는 차세대와의 사이에서 느끼는 사고의 괴리이다. 아울러 오늘에 이르기까지 온갖 어려움을 이겨내기 위해 참고 견디며 절제해 온 삶의 역정(歷程)과 그 가치가 과소평가되어 신세대들에게 받아들여지지 않는 것은 서글픈 일이다.

오늘날 정보 통신의 폭발적 발달은 우리의 젊은이들을 방 안의 컴퓨터 앞이나 오락실과 같은 공간에 붙잡아 놓고 있다. 이들이 대부분의 시간과 열정을 쏟아 붓는 공간이 바로 인터넷과 컴퓨터 등의 사이버 세계이다. 화상 채팅, 온라인 게임, 자료나 정보의 수집과 교환, 주식 투자 등 거의 모든 것이 컴퓨터나 노트북에 의해 이루어지고 있고 이러한 기능들이 개인용 이동전화인 휴대폰까지 확대되어 쓰이고 있다. 사이버 세계에 익숙한 새로운 세대의 젊은이들은 대인관계에 있어서까지도 이질적인 사고방식을 갖고 있다고 한다. 직접 만나서 서로의 숨결을 느끼며 인간적 교감을 나누는 관계보다는 채팅에 의해 만나는 사람에게서 더욱 친근감을 느낀다고도 한다. 그리고 만날 필요성이 없어지면 부담 없이 헤어질 수 있는 관계를 선호하고 폭넓은 인간관계는 오히려 귀찮게 여긴다고 한다. 인간을 인간으로 보지 않고 자기의 필요에 따라 만날 수도 있고 또 만나지 않을 수도 있는 하나의 하찮은 대상으로 보는 것이다. 오랜 세월 동안 젊은이들과 함께 생활해 온 나로서도 이해하기 힘든 부분이다. 그래서 기성세대들은 한편으로 이웃이나 상대방에 대해 무관심하고 자기 자신의 세계에만 몰두하는 새 시대의 변화를 걱정하고 있다.

그러나 기성세대의 우려와는 달리 새롭게 태어난 사이버 세대는 낡은 가치관이나 직업관을 과감히 무너뜨리고 개인적 취향에 따라서 각자가 속해 있고 싶은 세계를 구축하여 거기에서 자유로이 유영하며 자신들만의 세계를 꿈꾸고 있다. 고정관념에 집착하여 자신을 묶어 두지 않고 진취적 도전적 태도로 새 시대 새 세계를 만들어 가고 있으니 박수를 보낼 일이다. 우리 사회의 고질적 병폐인 낡은 가치관의 파괴는 새 시대의 젊은이들이 새로운 가치를 추구하기 위해 힘차게 비상할 수 있는 터전을 제공해 줄 것이기 때문이다.

새 시대의 젊은이들이 몰두하는 한 가지 예로 대중음악을 들 수 있다. 이들이 선호하는 대중음악은 기성세대가 알아들을 수도 따라 부를 수도 없는 리듬을 가지고 있는 것들이 대부분이다. 거기에다가 가사도 지극히 반항적이고 때로는 충격적이기까지 하다. 기성세대를 거세게 공격하고 마음껏 조소하고, 때로는 다 썩었으니 모두 다 바꾸라고 호령하기도 한다. 전쟁터를 방불케 하는 무대 위에서 탈한국적인 헤어스타일과 의상, 현란한 몸동작으로 이루어지는 공연에 환호하며 열광한다. 이것은 아마도 기성세대에 대한 반항심의 표출일 것이다. 그러나 어쨌든 이런 것들은 젊은이들의 역동적인 삶의 모습이며 기성세대가 이해할 수 없는 그들만의 문화다.

기성세대가 신세대의 사고방식을 이해하기 어렵듯이 새 시대의 젊은이들 역시 자신을 낡은 사고방식에 가두어 두고 싶지 않은 것은 당연한 일이다. 새천년 신세대들의 파격적 변화를 지나치게 걱정할 필요는 없다. 그들처럼 변화를 추구하며 창의적으로 생각하고 자유롭게 활동하는 집단이 있기에 우리는 미래의 새로운 비전을 기대할 수 있는 것이다. 실제로 그들은 화려한 조명 아래에서 머리카락을 오색찬란하게 물들이고 현란한 몸짓으로 힙합과 테크노댄스를 즐기고 사이버 세계에 몰두하면서 우리 문화를 전 세계에 전파하고 있다. 새천년 이전에는 생각지도 못했던 일들을 자랑스럽게 성취해 내는 우리의 신세대들이다. 이들의 공로는 참으로 대단한 것이다. 물론 지금까지의 문화 발전에 기여해 온 기성세대들의 업적이 그 토대가 되었음은 두말할 나위가 없다. 사회는 어느 한 세대의 전유물이 아니다. 앞으로도 우리 사회의 구세대와 신세대는 사고의 괴리 속에서 충돌하고 변화하면서 새로운 질서와 조화를 모색하며 꾸준히 발전해 나갈 것이다.

소통에 대하여

소통이라는 말은 막히지 않고 서로 잘 통한다는 뜻이다. 인간관계로 보면 사람과 사람 사이에서 서로가 상대방의 마음과 의도를 잘 헤아려서 오해가 없도록 하는 것이다. 그렇기 때문에 단순히 누구를 만나서 대화 나누는 것을 소통한다고 할 수는 없다. 아무리 많은 이야기를 주고받더라도 마음의 문을 열지 않고 자기 의견만 주장하는 대화는 소통이 아니라 불통에 가깝다. 사람은 누구나 남과 생각이 다를 수 있고 느낌의 차이가 있을 수 있다. 그 서로 다름을 인정하면서 상대방과의 심리적 거리를 최대한 좁히고 정서적 분위기를 공유하여 희로애락을 함께 나누는 것이 진정한 소통이다.

인간은 다른 동물들과 달리 언어를 사용하여 남과 소통할 수 있는 능력을 가지고 있다. 이 소통 능력과 함께 인간의 생득적인 언어 능력은 인간이 다른 동물과 구별되는 중요한 특징 중의 하나다. 그래서 이를 가리켜 흔히 언어적 인간(Homo loquens)이라고 한다. 의사소통과 감정전달의 기능을 가지고 있는 언어는 신이 인간에게 내려 준 소중한 선물이다. 우리는 이 신비롭고 귀한 선물을 잘 활용하여 다른 사람들과 원활히 소통

함으로써 인류 모두에게 유익하고 아름다운 세상을 만들어 가야 한다.

　언어를 사용하여 소통을 잘하기 위해서는 어떻게 해야 할까. 먼저 남의 이야기에 집중하고 세심하게 주의를 기울여 듣는 경청의 태도를 가져야 한다. 상대방의 인식 세계로 들어가서 그의 생각과 느낌을 정확히 이해하고 공감하면서 적절한 반응을 보이는 것이 중요하다. 이러한 경청의 태도를 공감적 듣기라고 한다. 그리고 상대방에게 자신의 생각을 호소력 있게 전달하기 위해서는 예의 바른 태도와 마음속에서 우러나오는 진실함을 바탕으로 말을 해야 한다. 아무리 능수능란한 달변이라도 듣는 사람의 공감을 얻어내지 못하면 진솔한 소통을 할 수 없게 된다. 대화에서는 듣기와 말하기의 태도가 무엇보다도 중요한 요소다.

　이처럼 소통을 원활하게 하기 위해서는 대화에 참여하는 성실한 화자와 청자가 있어야 하고 이들이 서로 협력해야 한다. 이를 언어학에서는 협력의 원리라고 하는데, 대화 참여자 상호간에 지켜져야 할 조건을 뜻한다. 그 일반적인 원리는 자신이 참여하고 있는 대화에서 합의된 목표나 방향에 따르면서 대화에 적절히 기여하도록 해야 한다는 것이다. 그런데 요즘의 세태를 보면 말로는 소통한다고 하고 실제로는 불통인 경우가 허다하다. 상대방의 말을 경청할 준비가 전혀 되어 있지 않은 채 말로만 소통하자고 하며, 상대방을 존중하고 배려하지 않으면서 자기의 주장만 내세워 관철하려고 하기 때문이다. 이는 결과적으로 대화를 일방적으로 이끌어 대화의 가장 기본적인 원리를 무시하게 되는 것이다. 최근에는 이러한 세태를 반영하여 풍자하듯 내로남불이라는 신조어까지 생겨났다.

인간의 의사소통 수단으로서 언어의 중요성은 두말할 나위가 없다. 그러나 언어가 대화에 임하는 사람의 생각이나 느낌을 온전히 전달할 수는 없다. 말에는 진실성 여부가 있고, 사람의 만남에는 말하지 않아도 상대방 가슴 깊은 곳에까지 전해지는 그 무엇이 존재하기 때문이다. 이렇게 볼 때 대화에 임하기 전 상대방의 의견과 처지를 존중하고 배려하는 역지사지(易地思之)의 마음을 갖는 것이 진정한 소통의 시작이 아닐까 싶다. 이러한 마음이 바탕이 될 때, 부처의 청정한 마음이 제자 가섭(迦葉)의 마음으로 전해지듯 서로의 마음과 마음으로 뜻이 통하는 이심전심(以心傳心)의 경지로 향하게 될 것이다. 결국, 인간의 소통은 듣기나 말하기와 같은 형식적 방법에 의해 이루어지지만, 참된 소통을 위해서는 화자와 청자의 성실한 마음가짐이 더 중요한 요인이라고 할 수 있다.

요즘의 언론에 소통이라는 말이 자주 등장한다. 겉으로 볼 때 참 듣기 좋은 말이긴 한데 오죽 불통이면 이렇게 할까 하는 생각에 안쓰럽기도 하다. 게다가 공공 기관이나 단체는 어떤 방법으로든 구성원들이 소통했다는 흔적을 남겨야 좋은 평가를 받고 정부의 행·재정적 지원을 얻어내는 모양이다. 그래서 소통위원회를 조직 가동하여 구성원들 사이의 소통을 시도하는 등 절박한 노력을 기울이기도 하고, 대화의 당사자를 지칭할 때 주종 관계의 어감으로 느껴지는 갑과 을을 다른 용어로 바꾸어 쓰려고 노력하기도 한다. 이러한 노력들이 하나의 밀알이 되어 소통의 싹을 틔울 수 있다는 측면에서 보면 다양한 방법의 시도는 참으로 가상하다. 그러나 소위 갑에 해당하는 사람들이 을을 만나서 형식적으로 대화하고 나서 소통했다고 하는 것에는 동의하기 어렵다. 진정한 소통이 되려면 남의 어려운 처지를 나의 아픔으로 느끼고 그들의 요구를 들어주는 마음 자세가 우선되어야 한다. 우리는 이제껏 말로는 소통과 상생을 추구한다면서 실제로는 불통과 비방을 일삼는 모습을 너무도 많이 보아 왔다. 그래서 우리 사회는 불신으로 가득 찬 소통 부재의 사회가 되었다. 인간의 소통은 본질적으로 쌍방적이고 정성적(情性的)이다. 이를 형식에 얽매여 일방적으로 정량화(定量化)하려 한다면 소통은 결코 이루어지지 않을 것이다.

작은 사랑의 실천

대학에서 학생처의 일을 맡게 되어 동분서주할 때였다. 처장이 처리해야 할 일들이 끊임없이 이어져 눈코 뜰 새 없이 바빴지만 잠깐 시간을 내어 캄보디아와 베트남을 며칠씩 다녀온 적이 있다. 매년 여름방학에 해외봉사단을 모집하여 보름 동안 두 나라에 머물면서 봉사활동을 해왔기 때문이다. 우리 봉사단원들은 늘 출발할 때의 각오보다도 훨씬 더 열심히 봉사활동에 임해 왔다. 그 지역의 환경과 생활이 상상한 것 이상으로 열악했기 때문에 현장에 와서 그 실상을 직접 본다면 아마 누구라도 그렇게 했을 것이다. 이역만리 이국 땅 베트남 호치민시와 캄보디아 시골 마을에서 다양하게 전개되었던 봉사활동은 사소한 일이었지만 그야말로 가난한 불우이웃에게 베푸는 참된 사랑의 실천이었다.

캄보디아의 후덥지근한 공항에 도착하자마자 마중 나온 한국인 선교사가 얼음주머니에서 커다란 야자를 꺼내서 빨대와 함께 건네주었다. 달리는 승용차 안에서 혼자만 먹자니 민망하기도 했지만 무더위 속에서 맛보게 된 그 시원함은 이루 말할 수 없을 정도였다. 한참을 달려 도착한 숙소에는 이미 여러 명의 관계자들이 미리 와서 나를 기다리고 있었다. 간단히 인사말을 마치고 이불 보따리만큼 큰 나의 여행 가방을 열자 현지인들은 놀라움과 부러움으로 눈이 휘둥그레졌다. 그때 나는 아내에게 부탁하여 집에 남아도는 수건과 헌 옷과 가방 등을 꽤 많이 가져갔었다. 경험이 많은 봉사단원이 미리 알려준 것처럼 우리 집에서는 쓸모없는 물건들이지만 그들에게는 아주 유용하고 값진 물건이었다. 현지인들에게 선물로 주면서도 나의 삶이 그들에 비하여 너무 호화롭고 사치스러운 것 같아 미안한 마음이 들었다.

캄보디아의 시골 마을은 포장도로가 거의 없었고 제대로 된 화장실도 없었다. 그래서 우리 봉사단이 빗물에 움푹 패어나간 울퉁불퉁한 비포장도로를 정비하고 떨어져 나간 화장실 문짝에 못질을 했다. 남자 단원들은 말할 것도 없고 막일을 해보지 않은 여자 단원들도 작업복 차림으로 얼굴에까지 흙탕물을 뒤집어쓰며 열심히 일했다. 금방 쓰러질 것 같은 수상가옥에 들어가 청소를 마치고 난 후 엉엉 울면서 나온 단원도 있었다. 청소하러 들어간 집의 재산이라고는 온 가족이 함께 사는 단칸방 구석에 걸려 있는 헌 옷 몇 벌이 전부였기 때문이라고 했다. 우리 단원들은 낮 동안의 힘든 노동으로 많이 지쳐 있었지만 밤이 되면 수상가옥의 아이들을 불러 모아 흙 묻은 손발을 깨끗한 물로 닦아주고 각자가 준비해 간 자료로 함께 공부도 하면서 여러 가지 놀이를 지도했다. 그렇게 시간이 지나고 진심 어린 교학 활동과 교감이 이어지면서 그들 사이에 신뢰와 사랑이 깊어 갔다.

오늘날 지구촌은 곳곳이 오염되어 가고 있다. 온난화를 비롯한 이상기후가 발생하고 있고 화산 폭발이나 지진 등이 인간의 삶을 위협하기도 한다. 때로는 전염병이 창궐하기도 하고 우리 주변에서 바로 우리와 똑같은 인간에 의해 아주 끔찍한 일들이 벌어지기도 한다. 그러한 불행이 언제 누구에게 닥쳐올지 모르는 불안한 시대다. 그러나 그러한 부정적인 현상들보다 더 크고 강한 힘으로 우리 인간의 삶을 지탱하며 지켜주는 것이 있다. 바로 사람과 사람 사이를 이어주는 사랑이 실재하고 있고 이를 실천하는 사람들이 있기 때문에 우리는 언제나 밝은 미래를 기대할 수 있다. 우리 해외봉사단의 활동은 비록 작은 것이었지만 사랑의 실천에 큰 의미를 두었다.

해외봉사활동 기간 내내 부족한 잠을 견뎌내고 무더위와 싸워 가면서 맡겨진 일을 성실히 수행하던 단원들의 활동이 바로 사랑의 실천이었다. 단원들은 캄보디아와 베트남 학생들에게 한국어와 태권도를 가르치고 종이접기를 하면서 우정과 신뢰를 쌓았고 불우한 이웃에게 사랑의 집을 지어주면서 현지인들 가슴에 많은 감동을 심어 놓았다. 그 결과 반바지 차림의 한 베트남 학생은 어설프게 태권도 품새를 취하기도 했고 키 작은 캄보디아 어린이가 우리말로 짧게 인사말을 건네기도 했다. 그리고 지붕이 내려앉은 조그만 집에서 비를 피하지 못해 고생하던 베트남 아낙네는 집을 보수해 준 봉사단원들에게 눈물을 글썽이며 감사의 인사를 전했다. 그 모습을 보며 우리 단원들 모두 뿌듯하기도 했지만 측은한 마음에 가슴이 아프기도 했다.

해외봉사단이 임무를 마치고 귀국하던 날 밤 공항 대합실은 눈물바다가 되었다. 자정이 훨씬 지난 시각임에도 불구하고 현지의 학생들이 공항 출국장 앞까지 몰려와 우리 단원들과 부둥켜안고 석별의 정을 나누던 광경들을 떠올리면 지금도 눈시울을 적시게 된다. 탑승을 재촉하는 공항 직원의 안내 방송에 따라 아쉬운 발길을 돌리던 단원들을 향하여 흐느껴 울면서 눈물로 손을 흔들던 모습들이 애처롭게 떠오른다. 그곳에 머무는 동안 서로의 언어와 문화가 달라서 의사소통이 섬세하게 이루어지지 않았음에도 불구하고 보름 동안 쌓아 온 진실한 사랑의 힘으로 서로를 깊이 이해할 수 있었다.

소설 임꺽정

벽초 홍명희의 소설 임꺽정은 시대와 세대를 초월하여 어느 누구에게나 흥미진진하고 유익한 이야기를 전해 주는 소설이다. 이야기 곳곳에서 질그릇처럼 투박하고 순수한 우리 민족의 정서가 묻어 나오고 그 속에 민중의 삶과 애환이 고스란히 담겨 있기 때문이다. 오늘날처럼 권력형 비리와 부정이 난무하는 세태에서 소외되고 억눌리며 살아가는 민중들은 백정이라는 천한 신분으로서 바깥세상의 불의를 통쾌하게 응징하는 임꺽정의 모습을 떠올리며 가슴속에 묻어 두고 있던 욕구를 맘껏 발산하고 대리만족의 기쁨을 얻을 수 있을 것이다.

이 소설의 작가 벽초 홍명희는 1888년 충청북도 괴산에서 당시의 금산 군수 홍범식(1871~1910) 선생의 맏아들로 태어났다. 벽초 홍명희는 항일 민족 협동전선인 신간회의 창립과 활동에 주도적 역할을 하다가 옥고를 치른 민족운동가이며 활발한 문학 활동으로 이광수, 최남선과 함께 흔히 조선의 3대 천재로 일컬어졌다. 그러나 안타깝게도 남북 협상을 위해 월북한 후 남하하지 못하여 수십 년 동안 좌익 인사로 분류되어 왔다. 나는 소설 임꺽정을 몇 차례 반복하여 읽으며 괴산의 홍명희 생가를 찾아가기도 했었고 그곳에서 벽초가 좌익 인사라는 이유로 문학적 평가를 제대로 받지 못해 왔다는 말도 전해 들었다.

벽초가 1930년대에 신문에 연재하였던 이 소설은 다른 역사소설들과는 달리 상층민이 아니라 하층민인 민중의 삶에 초점을 맞추고 있기 때문에 소설의 시대적 배경 당시 백성들의 평범한 일상생활과 풍속들이 사실적으로 묘사되어 있다. 그래서 오늘날의 독자들이 당시의 시대상을 잘 파악할 수 있을 뿐만 아니라 그 시대의 우리말 어휘가 본래의 모습 그대로 풍부하게 수록되어 있어서 우리말 연구에 많은 도움을 주고 있다.

소설 임꺽정은 조선 중기 황해도와 함경도 등지에서 활동하던 도적 떼의 이야기다. 우두머리 임꺽정은 천민인 백정 출신이지만, 도적질한 곡식을 백성들에게 나누어 주는 등 의로운 행동을 함으로써 의적으로 불리고 있다. 그가 의적이든 포악한 도적이든 부정한 방법으로 권세의 주류가 되어 살고 있는 봉건 지배층 권력자를 단호하게 응징하는 모습은 우리 민중의 가슴을 후련하게 해 준다. 그래서 우리는 권력을 가진 자들의 비리에 의하여 세상이 혼탁해지고 선량한 국민들이 피해를 당할 때마다 늘 새로운 임꺽정을 기다리며 사는지도 모른다.

이야기의 초반부인 봉단편, 피장편, 양반편에서는 임꺽정의 출생과 성장 배경이 묘사되어 있고 당시 불평등하고 피폐한 사회 현실에서 화적패가 출몰할 수밖에 없는 상황을 보여주고 있다. 이후 의형제편에서는 아주 특별한 계기로 의형제를 맺게 된 도적의 두령들이 청석골로 들어가 조직을 이루게 되는 과정을 담고 있다. 이때 도적의 두령들은 각기 한 분야에 특기를 갖춘 달인들로서 두목 임꺽정을 비롯하여 활의 달인

이봉학, 표창의 달인 박유복, 돌팔매의 달인 배돌석, 축지법과 장기의 달인 황천왕동, 쇠도리깨의 달인 곽오주, 힘이 센 길막봉 등으로 모두가 각기 독특한 매력을 지닌 인물들이다.

이들 도적 떼가 의형제를 맺으면서 모여 살게 되는 청석골은 하층민인 민중들이 사람의 대접을 받으며 살 수 있는 공간이며 부패한 지배층으로부터 물질적 정신적으로 자유로울 수 있는 민중들만의 공동생활 터전이다. 그러므로 당시 사회에서 소외되고 삶의 터전에서 뿌리 뽑힌 계층들이 모여들어 규모가 커지면서 점차 커다란 마을로 발전하게 된다. 화적편에는 조직이 결성된 이후 벌어지는 다양한 활동상이 생생하고 재미있게 그려져 있다. 이 소설은 등장인물들이 벌이는 활동 하나하나를 충실히 묘사하여 보여줌으로써 독자에게 그 당시 민중들의 삶을 진솔하게 전해 줄 뿐만 아니라 몇 차례 거듭 읽어도 새로운 매력과 흥미가 넘치는 내용들로 가득 차 있는 소설이다.

벽초 홍명희는 이 소설의 한 등장인물을 통하여 고인총상금인경(古人塚上今人耕), 곧 고인의 무덤 위에 오늘날 사람들이 밭을 간다는 말을 하게 함으로써 돌고 도는 역사의 순환을 암시하고 있다. 어느 시대든 민중은 역사의 수레바퀴 속에서 온갖 역경을 이겨내며 살아가는 진정한 주체로서 끝끝내 살아남는 집단이다. 그리고 어느 집단이든 일시적 권세와 강압적 힘으로 민중 위에 설 수는 없다. 꽃이 십 일 동안 붉게 피어 있지 못하듯이 권력 또한 그 이치에서 벗어날 수 없다. 한 세월이 지나고 나면 무덤 위에 다시 밭을 갈듯이 꽃은 오늘 피어나도 때가 되면 지고 말 것이고 내일 또 피어나도 때가 되면 다시 지고 말 것이기 때문이다.

고드미 마을을 지나며

옥화구경 끝자락인 신선봉 기슭 박대소 근처에 작은 밭뙈기 하나가 있다. 조그만 농막의 은행나무 밑에 튤립과 맥문동을 심어 놓고 행와(杏窩)라는 이름으로 불러 보기도 했다. 그러나 궁벽스러울 뿐만 아니라 기본적인 편의시설마저도 갖추어지지 않아 찾아오는 이가 별로 없다. 어찌 보면 궁상맞은 꼬락서니로 버려진 듯한 곳이기도 하지만, 무성한 잡초 속에 가끔 반딧불이가 날고 집 앞 시냇물 소리 나직이 속삭이는 밤이면 나만의 청정무구한 공간처럼 느껴지기도 한다.

청주에서 이곳으로 오려면 단재(丹齋) 신채호(申采浩) 선생이 어린 시절에 이주해 와서 성장한 낭성면 귀래리의 고드미 마을 입구를 지나게 된다. 나는 오래 전부터 이 길을 지나던 중 자주 단재 선생의 옛 집터에 들러서, 버려진 듯 외로이 서 있는 비신(碑身)에 손을 얹고 눈을 감은 채 스스로 범부의 속된 삶을 책망하곤 했었다.

민족의 사표가 될 만한 인물의 발자취가 남아 있는 장소는 후손들에게 좋은 가르침을 주기 마련이다. 고드미 마을이 바로 그러한 곳이다. 그러나 정작 가까이 살고 있는 우리 자신조차 그러한 인물과 장소에 얼마나 관심을 기울여 왔는지 되짚어 보아야 한다. 뒤늦게나마 고드미 마을은 단재 선생의 묘소와 사당, 사적비, 기념관 등을 그런대로 정비하여 모양새를 갖추었기에 지금은 새로이 민족정신 교육의 현장이 되고 있다. 게다가 '단재로'나 '단재교육연수원'과 같은 명칭 사용도 효과적이고 문화해설사의 설명도 유익하다. 이처럼 점점 개선되고 있으나 아직도 단재 선생의 민족혼을 가르치고 홍보하기에는 턱없이 부족하여 많은 사람들이 아쉬워하고 있다.

우리 고장에 이처럼 아쉬움이 서려 있는 곳이 어디 고드미 마을뿐일까. 3·1운동에서 주도적 역할을 한 독립운동가 의암 손병희 선생의 생가 역시 우리가 늘 지나다니는 길가에 있지만, 모르고 지나치는 사람들이 더 많을 것이다. 또한, 나라 잃은 설움을 안고 해외에서 떠돌아다니며 외교활동으로 국권회복운동을 전개하다 망명지에서 순국한 보재 이상설 선생 생가가 멀지 않은 곳에 있다. 이들은 모두 풍찬노숙의 삶으로 독립 의지를 불태운, 우리 민족의 영원한 스승이시다. 뒷사람들은 이분들의 삶과 정신을 계승하여 스스로 조국애와 민족애를 함양해야 할 것이다. 그러기 위해서는 먼저 지방행정을 담당하는 당국에서 충분히 예산을 배정하여 구체적이고 효율적인 사업을 꾸준히 벌여 우리 고장의 문화유산이 민족정신 교육과 관광을 아우르는 전국적인 명소가 되도록 만들어야 한다.

단재 선생은 민족사학자이며, 언론인이자 독립운동가로서 우리 역사에 커다란 발자취를 남긴 인물이다. 예전의 기록을 보면 한 국가의 주체를 민족으로 보고 민족주의를 통해서 독립국가를 건설하고자 했던 단재 선생의 사상이 곳곳에서 발견된다. 그리고 그 사상의 바탕에는 불의와 타협하지 않는 불굴의 정신과 인의(仁義)를 실천하는 선비정신이 깔려 있다. 이러한 사상과 정신은 선생의 어린 시절에 바로 이곳 고드미 마을에서 싹튼 것이다.

고드미라는 지명은 항상 곧은 말로 상소를 올리다가 불이익을 당했던 선비가 이곳에 숨어 들어와 살면서 여러 번 조정의 부름에 응하지 않았던 연유에서 비롯되었다고 한다. 또는 마을 주변에 곧게 늘어선 산등성이의 모양에서 비롯된 '곧은 산'의 의미로 해석하기도 한다. 어쨌든 두 가지 이야기가 모두 곧고 바르다는 의미를 공유하고 있으니 이 지역이 선생과 같은 올곧은 지식인을 배출하는 데 큰 역할을 했음에 틀림없을 것이다.

민족사학자 단재 선생은 고대사 연구에 독보적 행보를 보여 주신 분으로서 중국 대륙에 흩어져 있는 우리 문화유적을 답사하며 역사를 바로 세우려고 노력한 인물이다. 집안현 유적을 답사하면서는 잡초 더미에 묻혀 있는 광개토대왕비의 훼손을 안타까워했다. 더욱이 비문의 삭제와 위조로 인해 고구려의 웅혼한 기상이 가려지는 심각한 역사 왜곡을 가슴 아프게 바라보아야만 했다. 선생의 묘소 앞에 서면 만주 벌판의 칼바람 속에서 우리 문화유적을 찾아 홀로 헤매는 모습이 애처롭게 떠올라 다시금 고개가 숙여진다. 그래서일까. 아직까지 선생의 의기와 기상에 걸맞은 모습을 갖추고 있지 못한 고드미 마을에서는 고구려 옛터를 혈혈단신 떠돌던 망명 지식인의 외로움에 탄식이 저절로 나온다. 그리고 선생이 살아생전 마지막으로 남긴 유고시 한 구절이 떠올라 낭병 독립운동가의 고뇌 가득한 심경으로 함께 젖어들게 된다.

열 해를 갈고 나니 / 칼날은 푸르다마는 / 쓸 곳을 모르겠다. / 춥다 한들
봄추위니 / 그 추위가 며칠이랴. / 자지 않고 생각하면 / 긴 밤만 더 기니
라. / 푸른 날이 쓸 데 없으니 /칼아, 나는 너를 위하여 우노라.

독립운동가로서 한말의 소용돌이와 일제강점기의 암울함 속에서 비
운의 삶을 살다 가신 단재 선생은 민족주의 사관에 입각하여 역사란 인
류사회의 아(我)와 비아(非我)의 투쟁이라고 역설했다. 이는 제국주의에
대항하는 것을 의미한다고 한다. '역사란 무엇이뇨? 역사는 아(我)와 비
아(非我)의 투쟁의 기록이니라.' 돌아서는 나의 등 뒤에서 '천고(天鼓)'의
울림처럼 선생의 목소리가 들리는 듯하다.

고뇌를 통하여 환희로

사노라면 누구에게나 크고 작은 시련이 찾아온다. 아마도 이 세상에 고난과 역경을 만나지 않고 살아갈 사람은 없을 것이다. 정도의 차이는 있을 수 있겠지만 누구나 한평생 살아가는 동안 세파에 시달리며 고난을 극복해 온 자신만의 인생 역정을 간직하고 살아간다. 비록 자신의 과거가 매우 힘들고 불행했던 삶으로 기억된다 하더라도 개인의 삶에서 다양한 시련 극복 과정은 참으로 값진 것이다. 누구라도 그 과정을 통하여 오늘에 이르렀기 때문이다. 고진감래(苦盡甘來)라는 말이 있다. 그래서 예로부터 젊어서의 고생은 사서라도 한다고 했다. 이와 상대적인 뜻은 흥진비래(興盡悲來)다. 즐거운 일이 다하면 슬픈 일이 닥쳐온다는 뜻이다. 이처럼 세상일이란 돌고 도는 것이니 고생을 겪어 본 사람만이 미래에 닥쳐올지도 모르는 불행을 미리 대비하여 막을 수 있다.

인간에게는 견디기 어려운 고난을 극복하여 미래의 삶에 유익하고 좋은 일로 승화시키는 지혜가 필요하다. 그런 의미에서 음악가로서 치명적인 청각 장애를 극복한 악성(樂聖) 베토벤의 이야기는 우리에게 시사하는 바가 크다. 하늘이 큰일[大任]을 맡기기 위해서는 먼저 시련을 겪게 한다더니 베토벤의 일생이 그러했다. 젊은 시절에 귓병이 악화되어 잘 듣지 못했기 때문에 평소 유서를 써 놓을 정도로 절망감 속에서 살았고, 가족 문제와 경제적 어려움 등으로 끊임없이 시달렸다고 한다. 그러나 베토벤은 불굴의 의지로 역경에 맞서서 인간 승리를 이끌어 내었다. 더욱 놀라운 것은 치명적인 청력 상실을 오히려 음악의 심오함으로 승화시킨 일이다. 그는 온갖 시련을 적극적으로 극복해 내었고 고통스러울수록 한층 더 창작욕을 불태우며 장엄한 <교향곡 제9번>을 완성했다. 이 작품에 대하여 후세 사람들은 고뇌를 극복한 환희의 표현이라고 평한다. 베토벤은 청각을 잃으면서 사교 대신 독서와 사색으로 음악적 깊이를 더하는 데 노력했고 악상이 떠오르면 메모를 남기는 메모광이 되었다고 한다. 이런 노력으로 자기에게 닥쳐온 불행과 위기를 오히려 기회로 승화시킨 것이다. 로맹 롤랑은 베토벤을 일컬어 자신의 운명과 고뇌를 극복한 승리자라고 평했다.

독일 라인강 주변의 고풍스런 도시 본(Bonn)에 있는 뮌스터 광장에는 베토벤 동상이 우뚝 서 있다. 이곳에서 좁다란 길을 따라 걷다 보면 노란색 목조 건물인 <베토벤 하우스>를 만나게 된다. 베토벤은 이 건물 3층 지붕 밑 다락방에서 태어났다. 그는 주로 오스트리아 빈(Wien)에서 활동하고 그곳에 묻혀 있지만, 이 생가에는 그의 자필 악보와 초상화를 비롯하여 생전에 연주하던 오르간과 비올라, 피아노 등이 잘 보존되어 있어 그의 숨결을 느끼게 한다. 이들을 유심히 살펴보면 그가 사용하던 낡은 피아노의 움푹 팬 건반이 유난히 눈에 띄어 감동을 자아낸다. 이는 피나는 노력과 끊임없는 연습의 흔적으로 남겨진 베토벤의 손가락 자국이라고 한다. 생가 박물관 밖의 조그만 정원으로 나와서 그곳 가장자리에 서 있는 베토벤의 흉상들을 바라보고 있노라면, 열정적으로 피아노 연주에 몰두하고 있는 손가락 놀림과 곱슬머리가 중첩되어 떠오른다.

베토벤의 <교향곡 제9번>도 처음에는 연주가 불가능한 졸작이라는 평을 받았다. 그러다가 19세기 독일의 음악가 바그너의 혜안과 노력에 의해 불후의 완벽한 걸작으로 인정받게 되었다. 이와 같은 걸작의 탄생은 저절로 이루어진 게 아니다. 자신의 삶을 짓누르고 있던 온갖 고난을 극복하여 예술로 승화시킨 결과다. 베토벤이 악상을 정리하던 중 스트레스로 인하여 괴성과 함께 책상을 두드리거나 물건을 집어 던지고, 때로는 머리에 물을 뿌려서 열을 식혔다는 행동은 유명한 일화다. 베토벤은 온갖 어려움을 겪으면서도 자기의 예술은 가난한 사람들의 행복에 바쳐져야 한다고 믿으며, 가장 뛰어난 사람만이 고뇌를 통하여 환희에 이른다는 명언을 남겼다.

내가 처음으로 방문한 독일의 도시는 베를린이다. 분단국 국민이기 때문인지 몰라도 무너진 베를린 장벽 사이의 철조망에 매달려 전시된 벽돌 부스러기를 가장 먼저 찾았다. 지금은 사라진 베를린 장벽, 학창시절에 사진으로만 볼 수밖에 없었던 그곳은 늘 낙서로 가득 채워져 있었다. 어찌 보면 낙서라기보다는 오히려 뛰어난 미술 작품으로 느껴지기도 했다. 그 낙서들은 자유를 갈망하던 독일인들이 죽음을 각오하고 장벽을 넘다가 쓰러진 자리에 세워 놓은 십자가와 묘한 대조를 이루던 거리예술이었다. 무너진 장벽의 조각들인 그 벽돌 부스러기에는 지금도 여전히 자유와 평화를 소중히 여기는 내용의 그림과 글들이 선명하게 남아서 가슴을 뭉클하게 한다. 그 외에도 도심 곳곳에는 연합군의 폭격으로 인하여 폐허가 된 역사의 현장을 그대로 남겨 두어 교훈으로 삼고 있다. 독일 분단의 상징이었던 브란덴부르크 문(Brandenburger Tor)을 찾아가서는 독일인들의 강한 역사의식과 고난 극복의 정신을 다시금 느낄 수 있었다. 베를린 장벽이 완전히 무너지던 날, 브란덴부르크 문 앞에 모여든 군중들이 승리의 여신 아래로 울려 퍼지는 '환희의 송가'를 일제히 따라 부르며 감격스러워하던 영상을 잊을 수가 없다. 고뇌를 통하여 환희에 이르는 베토벤의 이상이 실현되는 순간이었다.

저자 소개

정민영(鄭旼泳)

충북 음성 출생
청주중/청주고/충북대 졸(문학박사)
미국 오리건(Oregon)대학교 방문교수 역임
호서문화연구소장 역임
직지문화산업연구소장 역임
한국중원언어학회 회장 역임
동양일보 논설위원 역임
전 서원대학교 한국어문학과 교수
현재 서원대학교 명예교수

논저
『국어 한자어의 단어 형성 연구』
『주해 유당공 행장』
『현대인의 언어 예절』外

도라지꽃

초판 1쇄 인쇄 2023년 6월 12일
초판 1쇄 발행 2023년 6월 22일

지은이 정민영
펴낸이 최종숙
펴낸곳 글누림출판사

편 집 이태곤 권분옥 임애정 강윤경
디자인 안혜진 최선주 이경진
마케팅 박태훈

주 소 서울시 서초구 동광로46길 6-6(반포4동 577-25) 문창빌딩 2층(06589)
전 화 02-3409-2055(대표), 2058(영업), 2060(편집)
팩 스 02-3409-2059
전자메일 geulnurim2005@daum.net
홈페이지 www.geulnurim.co.kr
블로그 blog.naver.com/geulnurim
북트레블러 post.naver.com/geulnurim
등록번호 제303-2005-000038호(2005.10.5.)

ISBN 978-89-6327-711-0 03810